我健康自由，

世界在我面前，

长长褐色的大路在我面前，

指向我想去的任何地方。

从此，我不再希求好运气，我自己就是好运气；

从此，我不再哀叹，不再迟疑，什么也不需要。

我强壮而满足地行走在大路上。

——沃尔特·惠特曼

若无好天气，就自己成为风景

蒋婵琴 著

北京联合出版公司
Beijing United Publishing Co.,Ltd.

自序 | 心之道

　　这本书在后期修改的时候，刚好是国庆。整个北京城空荡、清凉，我所在的房间，也只能听到敲打键盘的声音。将自己置身于书写中，从早到晚，低头劳作。也许过于专注，偶尔抬头，竟有恍如隔世之感。

　　长久以来的伏案工作，永远都是一个人，始终都是寂静无声。已经习惯了这样的存在，它考验人的耐心，也抵达人的内心。所有写作过程，就像人穿越黑暗的隧道，历经惊喜，也保持觉醒。一天中最为轻松的时刻，是傍晚出门散步，毫无目的地行走，直到天空漆黑、霓虹亮起、花木沉睡，才决定返回。

　　我喜欢那样的气息，所有的自然万物，都在悄无声息中遵守规律，兀自生长，定力具足。而人也应该如同自然一样，在特定的成长环境中，保持一定的戒律，做到内心的克制与严谨，秉持它该有的秩序，才可以让自身在时光的节奏中，趋向恒定的生长状态。

　　二〇〇六年的十月，我的人生因为生死离别，陷入绝望与悲痛。这促使我开始写作。之后，从深圳到北京，未曾间断。

　　时光如酒，往事难如烟。十年倏忽而过。给这本书写自序，是二〇一六年的十月。离一个生命的流逝，刚好十年。

　　所有经历的喜乐悲苦，融入骨髓，奠定了成长的底色，也了悟了人生无常。让人唏嘘的同时，也给灵魂深处留下了巨大的缺憾。有人曾给我打卦，说你们之间有深厚的缘，只是你们各自都有重要的使命要完成，所以你们要接受爱别离之苦。

之后，写作成了支撑我精神成长的重要源泉。它就像茫茫夜色中的灯塔，在黑暗中给我指明前路；也像荒野中那团燃烧的火，给了我无限温暖，让我的心一点点亮堂起来。

内心的周折几经涅槃，人仿佛获得了重生。是心的皈依，唤醒了另外一个自己。

若不曾经历苦痛与无常的洗礼，我可能依旧过着俗世生活，被各种热闹、欲望、虚妄所占据。这样的生活，可能会让我得到很多。但一个人得到的太多，难免会迷失自我，甚至会失去灵魂。

"假如一个人得到了整个世界，却失去了他的灵魂，这对他有什么益处呢？"在哲学家阿伦·瓦兹看来，人的逻辑、智力和理性都得到了满足，可是心饥饿了，一切将会崩解。他还认为，不对痛苦更敏感，我们就无法感知快乐。

在承担着不幸与深刻痛苦的同时，我也邂逅了幸运和美好。只是自身内在的敏感和纤细，使得我对痛苦一直保持高度的觉察与省醒。

我在历经苦难的早期，不具备智慧，以自闭、不懂得放松的心态去对抗。直到时光悠然，心性被新的人、事、情所冲洗，我才获得了解决它的方法——不排斥，与之同在，通过打坐、走进自然、书写等能够获得内在能量的方式去提升它，最终为心找到安全的出口。

一个内在世界饱满丰盈、力量具足的人，就能做到全身心投入，专注一事，包容诸多情绪，愿意担当，也能接纳所谓好或不好的境遇，最终形成一股气质流，从身体里由内而外地散发出来。

这是一种美，也是一种力量所在。我也将这种力量转化成了内在的信念。转换的过程非常考验人的耐心和毅力，但我知道，这是我此生要走的道。

我坦然接受当下自身的缺点和人世无法弥补的缺憾。生命中的一些事情，已无所谓好和坏。所有曾经走过的路，都成了孕育种子的因缘福地，它们在未来能否开花结果，已不重要。重要的是，我成为一个心有敬畏、虔诚书写的人。我把一切过往和未来记录给时间，让人、事不断冲刷自己的心灵和双眼，获得踏实与宁静。其间，我始终甘愿将心匍匐在地，内心笃定。

此刻，所有遗逝的悲喜愁苦，都变成了文字，它们与身心一道，历经黑暗，也迎接日光，与等待它的人邂逅。

而所有未曾遗忘过的岁月，变成了眼前滑过的光，成了心底坚贞的信仰。未来，前路依然，唯愿天地日月皆安详，余生静谧，再无悲叹。

一直都觉得，自己的生命在一条又一条被动选择的路上，隐忍而卑微地行走。这样的行走，让我觉察到了灵魂深处的空虚，也看到了那个黑暗的隧道中，一步步走出来的女子，随着年龄、面孔的变化，不断成长，最终明心、见性，也看到当下的自己对待外界、他人及这个世界的态度。

我通过写作这件事，改善了内心的结构，也觉察每一个当下的情感、思想及念头，最终以行动呈现。这本书，就是呈现后的客观表达。我站在一个旁观者的角度，看待身边发生的事情，也真实体悟了"人心惟危，道心惟微"的可贵。

文本中所呈现的案例，透露出的不安与焦虑、恐慌与迷茫、喜乐与宁静，是现实生活中不同的人，通过承担的事，让心性流露的状态。一个失恋的人，可能因为感情的伤害，变成了怨愤、自怜、缺失信任的人；一个内心没有界限的人，因为情变，成为不甘当下、无法自我改进的人；一个事业跌宕起伏的人，只是因为盲从与膨胀，一度成为心灵落水的人；一个历经生死无常的人，最终靠意念和精神，完成了对心性的疗愈，成了清简的人……所有人性背后激烈挣扎、痛苦不安的状态，都是生活的真实展现。

而最终，它们都需要自身去处理和面对，改善与精进。心想要的答案，时间会给；人想要的结果，需要知行合一才能达成。所以，在这本书中，我以一颗平静之心，尽力只陈述问题，给予是非指导，不做主观评判；我将走过的路、积累出的经验，转化成养分，与众生分享，自己也从中获得成长。

我以自己的方式，对外界、他人，通过文本发出声音，产生对话，构建桥梁，试图让有缘众生在心灵落水后，能静下心来与自己对话，开启自己本来具足的力量，通过事上的磨炼、心上的用功，从而让内心日益淡定从容。

我不知道这是不是本书的意义所在，但我知道，我们活在世间，各自的存在，都是为了更加精进、专注，在提升自身能量的范围内努力担当、勇敢面对。最终，完成各自的修行，给心找到一条回家的路。

泰国高僧阿姜查说："我们普遍认为身体是漂亮、可爱、长寿而强壮的，且永不衰老、生病和死亡。我们受到身体的迷惑，因为忽略真实的皈依处——心。它就在自己的身体里。"在他看来，人总想依赖其他的事物是不可靠的。唯有这颗心安定了，才能真正温柔地与外界、他人相处。

我们的心就像风中的芦苇一样，极容易受外界环境的影响，生起我执，产生混乱。那一刻，如何调伏自己的心，让其平衡，找到宁静，保持专注，则显得尤为重要。

老挝有一句谚语："欢乐已逝，暗夜将至。此时饮泣，驻足观望，不久之后，结束旅行，将已太迟。"你我的人生，就如同大梦一场，来去皆快。唯有保持一颗敏感、觉察、自省之心，才可能让我们不虚此生，对得住所有的失去和悲伤，也配得起荣光喜乐。

所以，不如从每一个当下开始，将生活、家庭、关系、事业作为我们修心的道场。通过六根接触外界境遇种种，把觉察己心作为重要的生活方式之一，不断去平衡执念与欲望，让心逐渐强大与自足。

阿姜查还说过："训练你的心，直到它非常坚定，并放下所有的经验。"一个人唯有不断通过心的训练，才可能清净心灵，探索到世间真相。人唯有抵达人世的真相后，才能获得心性的平静与喜悦。

外在一切显相，都源自我们的心。只有点燃自己的心灯，才可以让前路充满光明。

生死无常让我获得了心性的训练，也让我在日后的生活中，即便外界动荡，内心始终保持开放、接纳的态度，以积极正面的方式去面对、处理一切事情。而且，在处理这些事情的过程中，最终无论结果好坏，都能甘愿接受。我相信，那就是我的业，也是我要历经的道。

无常让我变得开阔，相信很多东西都是虚幻、短暂、无常的，悲怆也好，喜乐也罢，它们不可能永恒常驻。我的心也在这样的过程中，慢慢变得清静、平和起来。

心的道路从来都是非常简单的，也是平静、清澈的，只是后来，走入尘世，我们被外界的物欲、诱惑、贪恋、执着所迷惑、牵累，所以才会使工作、生活、家庭出现不安、焦虑、困惑和矛盾。若我们能时常做到"常睹其所不睹，常闻其所不闻"，扎扎实实从心上下功夫，透过现象看本质，不为表象所迷惑，方能获得心的安定。

从某种程度上来说，心性强壮、完善、修行的过程，就是自我疗愈的过程。它能让你真实体悟冷暖自知、温饱自足，不给外界、他人造成伤害、带去麻烦，也能获得明净、光明与安稳。

愿活在世间的你我，能够修好这颗心。相信温柔生起的那一念，也是智慧和力量具足的时刻。这样，或许能让苦痛得以平息，让"无我"得以自由生长。

世间人、事、万物，都会因为外界种种条件相互依存而发生变化，他们由因缘和合而生，因缘散尽而灭。这本书也不例外，我相信它是一个好的缘起。

我在北京过着相对封闭的写作生活，和外界、他人始终保持疏远的距离。也不想让身边熟知的人知道我在写作，并不是觉得它是一件羞耻的事情，见不得人。只是觉得，一个真正的写作者，应该要耐得住寂寞和黑暗，让一切自然发生，而不是靠各种关系来干扰书写的目的。

珊珊是我在北京熟识的朋友，我知道她是非常优秀的图书编辑，但她应该不知道，我一直在有规律、有节奏地安排自己的写作计划。

我们在日常生活中有过几次见面，由于我的寡淡，都耻于说话，也无太多往来，但一直记得彼此。她在二〇一六年九月的一个下午，和我谈关于写书的事。

这个阶段的我已经成为一个相信缘分的随顺之人，心里多少意识到这可能是一个新的缘起。

之后，我们开始书稿的策划、梳理、打磨，就有了这本书。这样的机缘，在我的意料之外，但又似乎早已埋下了伏笔。

"写作的最好状态就是这种漫长黑暗中的谦卑和喜悦。"珊珊看完了我大部分书稿，说过的一句话让我印象深刻。

我在这里记录下它，是因为它让我确信，缘起的殊胜，让我们之间能在有序、节制、交流中，达成默契；其次，我还确信因缘的不可思议，让有些关系就像撒播的种子，一旦时机成熟，它会自然呈现相应的果实，与彼此的心源相连。

这样的关系让人欣喜，也值得被珍视，它是在经历了漫长的黑暗、孤独后，自然发生的状态与结果。就像一朵花，被风霜洗礼，也被雨水冲刷，最终饱满绽放，与懂得它的人邂逅。

我喜欢所有自然发生、展开后的真实流露，它能渗透到彼此的内心。而这些终归需要因缘汇集、福德具足，才能完成人、事的相遇与交融。在此过程中，我们需要将心完全地交付给对方，让文本呈现彼此想要的形态。

从此意义上来说，这本书不是我一个人的付出，它也凝聚了珊珊的智慧，是低头劳作后得到的真诚、无私的灵感结晶。

"这里下的不是雨……下的是玫瑰满田。淋到你的不是雨，而是祝福。只要你深信天父的话，苦难之雨就会浇灌出芬芳美丽的属灵之花来，你从前那未经风雨、未受考验的生命，绝对不会开出这样的花来。……这些降下的不是痛苦，而是慈爱、怜悯、忍耐和一切圣灵之花、圣灵之果。它们使你的属灵生命更加丰盛，俗世的一切荣华和安逸，都不能使你的心灵深处如此满足。"

同年十月的秋天，我读到《荒漠甘泉》里的这段话，它似乎写的就是我的前生，洗礼过苦难，接纳过祝福。如今，我的生命，终究在穿越黑暗的隧道后，跨过沧海和山谷，几经艰难的迂回、辗转，最后抵达彼岸。心也随着旅程，一步步变得温柔、慈悲。

如今，世俗的物质对我已无太多吸引，人世的喧嚣早已被我隔离，心和文字，也不再随热闹而来，随纷飞议论而去。而这一切坚如磐石般的内在精神成长，就像墙边盛开的花朵，兀自存在，被雨露浇灌，也被风霜吹打，终究获得了生命的饱满和丰盈。

我记录下曾经走过的路，历经的岁月，发生的人、事、情，都是在封闭的环境中，将心打开，让其自然流淌。写完之后，大众如何吸收、接纳，则取决于个人经历及觉悟程度。

不管如何，我还是希望这本书能像一面镜子，照见你我身上曾经发生的所有美好、缺憾、不安与焦虑，从中获得养分，吸取力量，完成我们活在世间的本分。

感谢这本书的策划人珊珊，祝福她在上海一切顺遂，享得世间福报。

感谢给予过这本书帮助的所有工作人员。

感谢我的读者。

感恩十年知遇的所有人、事、情。

感恩我的孩子。

蒋婵琴

二〇一六年十月

北京

目录

第一章

/

世间美好，相信的人能得到

你的名字 003

世间美好，相信的人能得到 007

人生何必如初见，但求相看两不厌 012

世人皆向往恩爱，而恩爱何曾被善待 016

男人的生活是名誉，女人的生活是爱情 020

只要有依赖，就会有痛苦 024

你所谓的情爱，不过是生命能量的浪费 030

嫁人为什么一定要有"好处"？ 034

世间万般皆苦，唯有情执最苦 039

愿你有被爱的幸运，也有爱人的能力 044

在亲密关系中自我觉醒 048

第二章

/

你看也好，不看也好，我就是要开花

浮生众相 055

我们低估了安静的力量 059

你所喜欢的女子 065

你没有想象中的那么重要 069

你看也好，不看也好，我就是要开花 073

这个世界，没有岁月可回头 077

真正的体面，是对世事的敬重 081

纠结和焦虑，是认清自我的好时机 085

所谓优雅，就是自制 089

不管遇到什么，请心存善意 093

第三章

/

内心富足，默默无闻又怎样

值得珍藏一生的礼物   099

心的力量不在刚强，而在柔软   103

你都感受不到快乐，却总想着要幸福   108

慢慢来，对自己温柔耐心   112

你什么都不需要做，只需要改变内在   116

在时光中，看见成长的自己   120

人生如远行客，记得带上灵魂   125

你可以任性，但要为任性负责   131

其实，你什么都不用想   135

岁月自会证明人心   140

第四章

/

相比天分，我更相信努力的意义

99% 的人生只是活过而已　　　　　　　　　　145

如果毫不费力，那就是在浪费时间　　　　　149

迷茫的时候，选择最难的路走　　　　　　　153

太容易得到的东西，终究难可靠　　　　　　158

在自己身上克服问题，才能成长　　　　　　162

有一种生活，叫不隐忍也不将就　　　　　　166

努力了，就一定会有回报吗?　　　　　　　170

我们不只是忙着生，还要忙着重生　　　　　174

第五章

/

世间热闹，大多与你无关

世间热闹，大多与你无关   181

年龄给你的礼物   186

时间是伟大的魔术师   191

慢下来，比较快   195

歇一歇，可能会遇见幸运   198

依然怀着期待，走在路上   202

倘若你我暮年，所能想到最美好的事   208

我们"需要"的不多，"想要"的太多   213

清理与销毁，看到了逐渐放下的自己   217

第六章

/

只有暗透了，才能见到光

时光悠长，故人不散 225

我们拥有的，终究只有自己 229

只有暗透了，才能见到光 233

使你痛苦的，才让你成长 237

不负己心，就没有恐惧 241

怎样的美，才能放射出真正的光辉 246

时间与孤独扛到最后，充满未知的惊喜 251

虽然命运很冷酷，但天意很温暖呀 255

前路漫长，时光不疾不徐 260

第一章

世间美好，相信的人能得到

你的名字

　　清晨4点30分的空气清新、微凉。天空开始变亮，云朵飘浮，不停移动。窗外树林里的鸟儿开始鸣叫，清脆而尖锐，断断续续。路上只有零星几人在遛狗。这个城市夏天清晨的到来，似乎比其他城市要早。

　　在南方城市居住的时候，拍过晨曦的天空，湛蓝中泛着金黄。我在丛林中的山路跑步，阳光穿透潮湿的树林，像影子一样跟随奔跑的脚步。波光粼粼的湖泊，对面是宁静肃穆的寺庙。驻足远眺，与自然融为一体，感受它的清凉与真实。南方的早晨，炎热却让人迷恋。确切地说，是这炎热的季节里散发出的气息让我迷恋。这是我成年之后，对夏天的记忆。

　　记忆里的童年，夏天最为深刻的，除了空旷的天地，院子里盛开的花朵，还有午后的蝉鸣声。儿时居住的房子旁边是大片的树林，日光从中穿透，无喧嚷人声，只听见蝉的鸣叫。它们的声音偶尔会从清晨到日落，永无休止地合奏，此起彼伏，穿破空气，流动到我的耳朵里。我不由得心生对自然的感激与敬畏。

　　偶尔，我坐在房子旁边，蝉鸣声、树叶、空气一同凝固，湛蓝的天空中云朵流动，或若花团般锦簇，或轻若薄纱，在空中飘浮、移动。

我就是在这样的夏天，在蝉的干涩、嘶哑、歇斯底里的节奏声中，来到这个世界，接受阳光、大地、悦耳的蝉鸣声给我的恩惠、享受和眷顾。

蝉的幼虫在地下生活四年，然后爬出地面，蜕变为蝉，在阳光下欢唱一个月，而后死去。

据说，"蝉"出生时很美。身子是碧绿的，翅膀像纱，也是碧绿的，身体剔透得如同玉琢。太阳出来后，蝉的翅膀一点点变黑，身子一点点变硬，直到背上那块方形护甲黑得发亮，它们才开始长大，漫天飞舞。

蝉，就这样经过漫长时间的蜕变，才能享受短暂的阳光的照耀，不久后死去。

祖父说，很多人不喜欢蝉的声音，觉得在闷热的天气里，听到持续而尖锐、歇斯底里的蝉鸣，会使人更加烦躁，但他却很喜欢，爱听。在他看来，午后的蝉鸣像嫁娶的喜乐般喜庆，别有一种热闹，颇具生活气息。

后来，我长大成人，才理解了祖父的那种欢喜，大抵他已经成为一个内心清净、热爱自然的人。

蝉的声音像钢琴一样，弹指间可以发出不同的旋律，美妙而动听；相比其他动物，蝉的一生风餐露宿，生存环境可谓恶劣，处处面临困窘，但它依然以高傲而洁净的姿态执着生存，在世间自由飞翔和清唱；它以全新而独特的生存方式，完成无数次生命的蜕变，在人与自然交织的环境中，美妙而高洁地生活着。祖父还多次跟我说，希望我的性格能像蝉一样高洁；希望我的人生，能够发出像蝉一样的声音，有如钢琴旋律般美妙、耐品。

我出生时，他就给我起了名字：蝉琴。后来，因为不喜欢虫字旁，我改成了婵琴。

印象中的祖父，一生寡言，内心丰富，性情孤独，喜欢养猫，热爱书法和阅读，不喜欢求人办事，对人也不愿主动亲近，但他却在我漫长的年少时光中，给予了我丰沛、无私的爱与关怀。他把沉静、专注、不断学习、莫说人非的品格也传递给了我，这些让我终生受用。

十三岁那年，我离开家乡，跟随父母去了另外一个城市。祖父开始独自生活，我与他的见面次数，也变成了半年一次、一年一次甚至两年一次。每次见面，我会告诉他我的生活和变化，他总是笑而不语。但我知道，那一刻，他的内心是知足、喜乐、宁静的。

孙女蝉琴回家探亲喜赠

数载别离未情亲，今朝相逢迥异人。
学识增进非昔比，文采风流堪绝伦。
探视关怀吾痛痒，喜出望外壮精神。
茫望以往岁月过，前途未可限量论。
特别注重身体健，饮食加餐时开襟。
要知世间人情事，谨慎应付在理情。

这首诗，祖父写于二〇〇四年秋天。再见祖父，是二〇〇五年的十月一日，我从北京赶回家。三天之后，他离世。我与祖父从此天人两隔，再无相见。

祖父给我起名"蝉琴"。他离世之后，恐怕也不会想到，那个曾经被照顾并寄予厚望的长孙女，命运也如同名字一样，亲历无常、绝望和各种艰难，迂回周折，心却始终饱满丰盈，有勇气不断向前，且对世间充满热爱，对生命怀有敬畏。

名字让我的心性也留下了坚毅与笃定的痕迹。即便往事无法再细想，好在前路日渐有迹可循。此刻，我写下关于名字的记忆，也提及祖父，只因我们之间仿佛从未失散过。他一定在某个角落看着我的成长与变化，就如同昨夜我梦到他——他知道我有了孩子，并回家看望过他，面容慈祥，有光照耀，然后消失。

做完这个梦后，我在离家千里之外的北京惊醒，天还没全亮。开窗，空气清冽。我决定起床，开始新一天的工作和生活。

世间美好，相信的人能得到

女友35岁那年，还没有结婚。我们不定期见面。我偶尔会小心翼翼问她，是否觅得意中人。

她说，暂时还没有。

我说，不着急。爱情要等，不要找。

我们彼此微笑。这些年，她的情感几经波折，爱过，幸福过，流泪过，也被伤害过。慢慢地，她对待感情的心态越发豁达、通透。前男友的婚礼，她可以劳心费力，盯好每一个细节。

人一旦在情感上变得豁达，生命也会活出新气象。活出新气象的女人，配得上好的爱情和婚姻。

终于，在38岁那一年，她寻得真爱，40岁顺利结婚。婚礼在深圳最大的高尔夫球场的湖边举办，觥筹交错，鲜花环绕，充满仪式感。那天，她的脸上写满欢喜与幸福，从容而满足。40岁的面孔，在笑脸和妆容的点缀下，看上去像一个出水芙蓉的少女，有女性的纯善，也有母性的温柔。

我说："恭喜，嫁给了爱情。惜福。"

她点头："这是我真正爱的人。幸好没有去找，一直在等。"我们相视而笑，彼此拥抱，眼中闪着泪花。我打心底里替她开心，并祝福她。

我对她的祝福，就如同我对舒淇的祝福一样真诚、感动。舒淇是娱乐圈女子，无论脸蛋、气质还是经历，都很特别。她有男性的豪爽与大气，也有女性的温柔与风情，凡事克制，兼具隐忍的刚强。

不知道为什么，写到这里的时候，我想到了舒淇在电影《聂隐娘》里的一些镜头，以及她的台词，"一个人，没有同类"，"剑道无亲，不与圣人同忧"。

她饰演的隐娘，最终选择和自我和解，去了新罗国。她决绝的背影，行走于苍茫山林中，烟云缥缈，天地静寂无声。从此，远走他乡，归隐人世。

那是一个长镜头，空旷幽静，心生荒凉。导演侯孝贤说，舒淇是一个和隐娘一样的人。但舒淇却说，隐娘是一个孤独的人，但我不是，我还有两只猫。

这句话不说还好，一说则让人平添了几分心疼。如今，这个在社交平台上写下"心存善念惜福"的女子，经历了童年的贫穷和爱的匮乏，少年的肆无忌惮、倔强叛逆，之后的星路可谓一念地狱一念天堂，跌宕起伏。风生水起时，被人赞叹、吹捧；境遇转换时，被人讥讽、奚落。她承担俗世名利带来的满足的同时，也肩负命运带来的苛刻和捉弄。

她在名声大噪的同时，也饱受争议。至于情爱，更是几经波折，骂名没少背过，眼泪没少掉过，分合纠缠，爱情聚散，冷暖自知。

好在，她终究是一个懂得隐忍、善于与自己和解的人。"没有经历过那些，哪会有我的现在？因为这就是我经历过的一个过程，我不但不会否认过去，还会欣然接受"，"我要把脱掉的衣服一件件穿回来"。

时光荏苒，青春已不再，但她终究抵过了流年，跨过了沧海，到达彼岸，等得一人。

曾经事业上的坎坷起伏，情爱上的千疮百孔，如今已是云淡风轻，守得云开见明月。真是如日本作家渡边和子所言："世间美好，相信的人能得到。"

过去总会过去，未来还未到来，所以要过好当下的每一秒。不管人生经历怎样的不堪，总有一天会翻篇。而这些，无须过多向外界解释和争辩。人生的不可辩驳性，在于时间会证明一切，而人心终归要珍藏某种信念，怀着希望和梦想。带着它们前行，你终究会遇见那个彩虹般的人。

舒淇，这个个性倔强独立的女子，在经历了漫长的人世坎坷和情爱无常后，终于活出了新气象。回首多年的演艺生涯，她觉得自己的经历就像一个神话。

人到中年的舒淇，心性豁达、通透，散发睿智的光芒。她善待自己的每一份感情，也珍爱自己的每一寸肌肤。眉宇从容，笑眸温暖，眼神清透，能感受到纯良与平和。那才是一个美好女子应该有的状态。

对待曾经的爱情，她说："如果对方已经碰到了对的人，就应该送上祝福。"

对待偶像林青霞，她说："和她比，我还差很多，她才是一个知性的女人。"

对待婚姻，她相信缘分，内心始终笃定，只为守得真爱。

这份心性的坦荡，让我想到当下有些人的爱情与婚姻，充满了浮躁和焦虑。别人有的，我也要有；结婚也是，别人结婚了，我也要马上结。否则，世俗不饶人，众亲不待见，自己难安宁。

所以，在现实生活中，我们才会看到那么多闹剧——赶趟结婚，草率生子，婚前恩爱秀尽，婚后鸡飞狗跳，最终恩断义绝，老死不相往来。

世事变迁，造化弄人，时间和孤独扛到最后，终究抵不过一些诱惑，守不住初心。很多人以为自己嫁给了爱情，殊不知到最后，成为了一场交易。

最终，婚姻成为了计较和抱怨的道场。对他人的要求不断增多，对自己的纵容倒也不少。本来好端端的一个独立个体，为了顺从世俗、依附他人，为结婚而结婚，又或者只是找一个依靠，还或者只为一辆车、一栋房、一些首饰……就这样，消耗彼此的能量，内心变得盲从、麻木，最后以爱的名义，捆绑，纠缠，伤害，机械维持等，闹剧层出不穷。

一个人能熬到最后，嫁给爱情，终究是幸福的，更是值得被祝福的。因为她扛住了时间，扛过了孤独，也磨出了从容不迫的心性，收获了缘分带来的惊喜。

舒淇，一个女人的前半生，经历情爱的重重阻隔和命运的捉弄，终于等来一个男人，愿意义无反顾地娶她。其中真爱几多深切，唯有亲历的人才能体会。

她终究是相信爱情、配得上美好的人。即便在生活最为困顿的阶段，由于各种原因，因为演艺事业直接挑战了世俗中人的眼光，导致她逃离台湾，去香港接片。但最终，她凭借着自己的任性与勇敢，赢得了他人的尊重，也达到了事业的顶峰。即便两任前男友，最后都成为了别人的新郎，她依旧大方给予祝福，随喜欢畅。

那个心怀纯直、勇敢、大气的女子，走过低谷，越过险滩，如今守得真爱，人生又发出了新的光芒。

愿所有坚忍如斯、历经世事打磨的女子，都能扛过时间和孤独，保持一颗少女的心，跨过流年，砥砺前行，遇见那个懂你、彼此相爱的人。要相信世间美好，都会如期而至。

人生何必如初见，但求相看两不厌

年少时，我与母亲讨论过一个问题。当时，我辗转于几个城市，处于流动成长的阶段，有些人说散就散，离丌就成了永别。我就问她，人与人如何才可以保持长久的联系，并相看两不厌。

她告诉我，你的一生会遇见很多人，但最终留下印象的不过几个人而已。因为你是流动的，会在不同的地方成长。你必须适应这种模式。

有些人只是暂时出现，然后不再联络；

而有的人，可能就像旅途中的过客，转身就成背影，终生再难见，你甚至都不知道对方的姓名；

还有的人，会在彼此的生命中出现一段时间，开始可能会成为朋友，但后来会因为各种矛盾冲突，或者各自需要赶路，最终陌路，不再联系；

而最后一种，就是在你人生中保持长久记忆和印象的人，你们亦师亦友，彼此珍重，他们是你人生道路上的有缘人。这样的人必定稀少，但无比珍贵，需要用心经营，才能维持相看两不厌的状态。

成年后，我细想所有情感的维系模式，确实如此。这些思维和言谈也导致我日后在处理一些关系时，总会多出一份理性，看似漠然，其实是不想给对方造成失望与辜负。难以做到热烈，似乎总是能感受到所有热烈的背后，往往隐藏着某种泛滥的躁动与急迫的不自然。

被人所爱，及有能力去爱人，总归是好。只是很多时候，面对一些过分的热烈，你总是不知如何回复才好。

这种态度，可以理解。因为很多关系，往往到最后，散得总是决绝而迅速。还来不及弄清楚是对方不够好，还是自己犯了什么错，就莫名其妙地说断就断。

这样的关系，表达得具体一点，就是好的时候两肋插刀，掏心掏肺；不好的时候，翻脸如翻书，立马不认人。前一秒亲密如爱人，后一秒就成了仇人，老死不相往来，像六月的天，说变就变。一个成年人的成熟，大抵应该是建立在某种定力的基础上的，诚恳挚重地交付彼此，感情往来也不例外。

"大曰逝，逝曰远，远曰返。"我所理解的，大抵就是所有的情感到了一个临界点后，不知道如何控制距离，一来二往，就会出现麻烦和困扰。曾经的相见恨晚、如胶似漆，就会变成渐行渐远、彼此相忘甚至反目成仇，有缘相聚，却无缘好散。

我曾经见过一对在黑暗中发展起来的所谓"爱"的关系。好的时候，甜言道尽，没法分开。恼怒时，就是恶语相对，互不示弱。说白了，不过是两个自私的人在不懂自控约束的前提下，把情爱当作游戏，各自填补虚空罢了。就如同烟火绽放，看似很美，实则是在彼此伤害。

与之相似的还有恋人。初见相识时，觉得无限美好，渐渐发展成为爱人、伴侣。然而，随着激情慢慢减退，便开始了埋怨、争吵，毫无初见时的美好，有的只是两颗被伤害后的心，在一个屋檐下各自怜悯，互相埋怨。之前的相见恨晚，演变为后来的"遇到你，算我倒霉"，"我当初怎么瞎了眼，找到你这样的人"，"要分开的话，你得补偿我"，"我没错，是你太过分"……让感情变得一片狼藉，局面十分尴尬，让人不由后悔自己最初的选择。

人的情绪在不够稳定的时候，往往缺乏智慧，最终就会互相伤害，磨损爱心，想做到体面分开似乎都很难。初识的美好，成为了黯然神伤的回忆。

之所以如此，大抵有几个方面的原因：觉得已是亲人，就可以不管不顾，不再用心呵护；觉得你做任何事情都是应该的；我为你生儿育女，你就得为我负责到底；你负责挣钱养家，我负责貌美如花……这种想法如果不加控制，就会慢慢生根变成执着，使你在现实中只知索要，却不懂得珍惜和付出。

人最怕的就是执着。有些事，执着了就会着魔；有些人，执着了就会有怨恨。

在亲密关系中，两个人唯有理性、冷静，具备解决问题的能力，才能让感情维持平稳的状态，做到恩爱有加。

在我看来，最好的关系是既保有理性的认知，又有智慧的了解；有对彼此的理解、接纳，也有欣赏和愉悦。这样的关系因为没有太多的约束、执着及要求，反而能细水长流，相看两不厌。

每一个出现在我们生命中的人，都有其意义所在，如做不到情谊长存、好聚好散，至少可以做到彼此不伤害。

　　所以，我们要以理性、平和、恭敬的态度去交往，不要盲从、自私和偏激地看待一切，要多看到对方的优点与恩惠。如此，大抵是可以做到相看两不厌的。

　　成年人之间的交往，应该如《菜根谭》中所说的那样："遍阅人情，始识疏狂之足贵；备尝世味，方知淡泊之为真。"

　　世间所谓的人情冷暖，若以洒脱、恬淡之心去交往，才不失为一种气量，也是一种自然、简单的态度。如此一想，世间所有情感，何必让记忆如初见呢？若能相看两不厌，也算是不枉在各自生命中停留过吧。

世人皆向往恩爱，而恩爱何曾被善待

经历了爱情的浓烈期后，我们总是幻想婚后一切都能变得无比美好，开启王子与公主的童话：恩爱有加，携手白头，此生因有你相伴而无憾……然而，事实却是：所有强烈而美好的深情告白，在接受时间洗礼的过程中，总会慢慢被消耗和淡忘，之后进入漫长而平凡的婚姻期。

这时，曾经的美好被鸡毛蒜皮的琐事和柴米油盐的现实所取代。以为成为彼此最亲近的人，就可以肆无忌惮，开始了各种要求、索取、苛责和抱怨……似乎一切的不顺心都是对方造成的：你不给我钱花，我就对你产生怨恨；父母不出力照顾孩子，心里就有疙瘩；你不能责备我，你要让着我……家中随时都可以因为一件极其微小的事情，充满硝烟战火。慢慢地，内心毫无尊重可言，对伴侣、对孩子、对老人都是如此，好像眼里只有自己，陷入自怜与悲痛的境地。

在这个时代，我们整日都要为生活而奔忙疲累，还要承担家人的喜怒哀乐和压力。我们是那么的无能为力，失望、沮丧、疲累、痛苦时常来袭。

每个人像一匹骆驼一样，背负着重物沉重前行，周而复始，一路上充满未知和恐惧。我们开始陷入失望与痛苦之中。

面对这一切，能承受得住的人，就继续匍匐前行；无法担当的人，则开始为自己和他人找各种理由和借口，也为彼此找更好的出路，选择结束婚姻；更有甚者，开始在外面寻找各种新的刺激，试图打破平淡、枯燥的日子。

然而，因不负责任和随心所欲带来的所谓的自由与享乐，并不能让人得到幸福，只会带来巨大的空洞与麻木。任意放纵，毫无克制的情欲冲动，最后总会造成更大的伤害。

生命走到最后，一切终将归于平淡。人生，从某种程度上来说，就是由无数的挫败与痛苦、烦恼构建而成的。我们不愿意正视真实的人生，习惯了逃避和自欺欺人，不懂得这是在磨炼我们的内心，于是只能在纠葛与盲从中蹉跎时光。

而曾经的美好与甜蜜，在随意的游戏把玩后，终将有一天，它们也会如同潮水般涌上沙滩，淘尽万种恩爱，唯留纠葛不断。

有人说，夫妻间的恩爱，首先是恩，然后才是爱。而爱应该是没有怨恨、恐惧、焦躁的，也是不求回报的，是一种平静的内在呈现。

所以，恩爱需要首先破除内在的我执，更需要我们停止对外界、他人产生过度的依赖。所谓的依赖，就是无须向对方无止境地要求与索取；更无须因对方的一个不得体的行为就喋喋不休地抱怨；或者，你对我不好，我就必须以牙还牙……倘若我们不能学会珍惜和独立，也就无法做到体恤对方。

体恤是什么？是我们能对彼此怀有美好、仁慈之心。就好像我们在路上遇见一朵花，看到它的美，给予它肯定，产生欣赏、愉悦之感，而不是想着去占有、破坏。

我们还需要自由。在一段感情中，只有自由才能给人性带来成长、突破。然而，现实中的爱情，很多都在束缚与要求、纠葛与拉扯中停滞不前。当人们组建新的家庭后，时间一长就开始忘记初心，伴侣成了怨偶，情爱变成了需索，最后无恩也无爱。

面对这种现状，有些人宁愿彼此耗尽心力，也不愿放手。究其原因，大抵是不懂得为微小之事心存感恩，也没有尝试更好地爱己、爱人。我们的心如同一个脆弱的彩色气球在空中随意飘动，直到有一天，被一根树枝戳破。

破损之后的心，再无信任，也没有归属感，所以才会有不安全感。这种不安全感演化成了现实重重的无奈、尴尬和烦恼。

而真正善待恩爱的情感，如同容器，能盛载一切，亦能托举一切；仁慈之情长存心中，不会有害己伤他之心；尽其所能地为对方付出，这是一种珍贵的品行；重要的是，心有戒律。戒律让人保持清醒，更是灵魂深处对真爱的检验。

对伴侣最大限度的恩爱，也就是对自己最深层次的善待。拥有纯良与慈悲的品性，能享受顺境带来的美好，也能担当逆境中的恶劣；在一条船上，风雨无阻，同舟共济，没有任何妄想与奢念，接纳所有当下不经意间带来的摩擦与伤害、平凡与琐碎。就像我们能在夏天享受自然万物生灵传递的美妙之音，也能接受冬天万物熟睡带来的沉寂之美。

所有具备力量和担当的情感，多是在恩爱与慈悲、善待与平和中变得轻快、喜悦与安定。如果你无法感受到恩爱带来的情感自由，说明你对对方怀有期待与恐惧。而所有懈怠、不够温柔的情感，到头来都会被程度大小不同的摩擦所损耗。

因为不相信善待与珍贵的重要，也不相信世间万物由因缘和合而成。所以，世间情爱多是在执念中，历经苦痛、烦恼，最终烟消云散。如果不懂得珍惜，便无法面对生活中的粗粝和波折。在我看来，没有什么比当下的珍惜与给予更有意义的事情了。

人活一世，草木一秋，都是如此短暂，而我们的心若能在慈悲与恩爱的情感中，得到修炼与归宿，已是最大的幸运与福祉。这是对方带给你的，终究要感激。

我们的成长，就是在苦乐交织中平衡，让生命得以完整，让灵魂内部结构不断发生改变，让心性得到多层次的训练，善待自己、他人、万物。相信最后，所有被恩爱善待的情感，终究会回到你身上。

恩爱带给我们的情感，就如同夜色中那一轮皎洁的月光，饱满而清凉，可以欣赏，无须占有，也不渴慕长久。但我们要珍惜、善待那一刻，因为它给人世传递了温暖与平静、愉悦。

男人的生活是名誉，女人的生活是爱情

"你为什么这么快又开始谈恋爱？你们相互了解吗？"

"可能是因为孤独和寂寞吧。我们在一起也仅仅是需要，而不是想要。"

这是电影里，两个年轻女子的对白。在现实生活中，你也会遇到类似的人。她们或许仅仅只是为了排遣孤独，就启动一段恋情，草率开始，随意结束，内心毫无负担。

还有一类人，一旦获得了爱情，就完全沉迷其中，以为拥有了爱情，就拥有了全世界，放弃自我成长。然而，当感情失败，就感觉世界崩塌，怨恨人心无常。

一日，有一个朋友失恋后，无比委屈和沮丧，不停地抱怨："我三天都吃不下饭，再这样下去，我都要抑郁了。为什么我对他那么好，他还是要分开？为什么曾经发誓相守到老的情感，离散的时候连招呼都不打，就好像人间消失了一样。我觉得自己以后很难再爱了。"

爱情是我们此生需要完成的功课之一。它像一面镜子，折射出我们的匮乏、缺陷及无力。真正在此功课上修得高学分的人，

总能做到"缘来珍惜，缘走祝福"。

一个人若无力再爱，放手也是一种洒脱。若因爱生恨，则是一根筋的愚痴。在爱情里，如果做不到相敬如宾，至少我们可以避免期待、要求、索取、相互纠缠这种消耗生命的相处模式。

有一位女子，知道对方不爱自己后，依旧死死缠住对方，最激烈的时候，不惜以死相逼。手腕上两道明显的伤疤，像是对爱情的一种祭奠。为此，她也让曾经爱她的人内心留下了恐惧，但又不敢离开。很长一段时间里，他们貌似相爱，实则早已无爱。后来，他们还是分手了。

回忆这段感情，她说："在这段爱情里，我体验到的只有屈辱和痛苦、无限的寂寞与孤独。既无自我，也感受不到对方的真心，注定是飞蛾扑火。"

她大抵知道自身的问题，只是不懂控制自己，所以试图靠束缚和控制得到对方，却未曾想过，如此不懂得给予对方空间和自由，最终只会亲手折断爱的翅膀。

日本作家濑户内寂听说："世间一切烦恼，皆出于渴爱。"渴爱，会让你期望得到更多，希望通过不同的外在形式，引起对方的关注，甚至为了讨好对方，做一些违背内心的事情……爱在这里，变成了变相的乞讨。

在我看来，真正的爱情是纯净、自由的，能够彼此接纳与欣赏，完成自我丰盛和无私给予，实现生命的自由成长。这里面不存在依赖、利用、索取。这种真正的爱情，恰恰是在两个人心智成熟、人格完善、经济独立、彼此敬重的基础上，才能深入、有序地展开的。

好的爱情，如同寒夜里的灯火，可以彼此照亮，相互温暖，即便曲终人散，也能互道珍重；也如秋天绽放的菊花，外形饱满，气味却清淡悠长，闻到它，如同闻到彼此身上的味道，让人安心；它还是汪洋中停泊的一只船只，可以将你渡到彼岸，发现新的天地。

"当你遇到一个人，心里会产生像蝴蝶在心里上下扑腾一般忐忑不安的感觉，接受它。只是从这种感觉产生的第一天起，就不要陷入任何期待与希望，如果你能够做到，这便是一种适宜的感情。"宗萨钦哲仁波切说的是爱情不要有期待，不要抱有不切实际的幻想，也不要试图通过控制来改变对方。对于爱情，我们唯一能做的是敬畏与尊重。

在爱情里，不要奢望完美无缺，也不要期望得到所谓的圆满。要做到这一点很难，但我们可以做到，爱的时候毫无保留、无私慷慨；不爱的时候，果敢抽离，没有抱怨，也无伤害。

很多人不配得到纯净而自由的爱，多半是因为急功近利，也没有了解他人的智慧，还不愿意给予爱以自由；有时候，我们看似在爱他人，实则是在验证谁更爱自己。

一个人若要以爱情来克服寂寞，那么他注定会为此付出更空虚的代价。爱情的美好与珍贵，在于它可以互相流动、彼此回应，既能承担日常琐事的平淡，也能感受毫无保留地去爱一个人的热烈和浪漫。两个人携手抵抗人世间的无常。

法国作家波伏娃这样谈论女人的爱情："女人容易将爱情当成宗教，会三番五次地问：你爱我吗？同昨天一样爱吗？你始终爱我吗？此刻，她们会把得到的回答当作战利品；得不到回答，她就让沉默代替说话。凡是真正爱过的女人，多少是个妄想狂。"文豪巴尔扎克则说："从高层次来说，男人的生活是名誉，女人的生活是爱情。"

　　即便年代已经久远，但他们的言论依然一针见血，道尽女人的爱情观。用通俗一点的话来说就是，爱情是女人生活的全部，也是她们的信仰。

只要有依赖，就会有痛苦

"我要你打听幼儿园证件的事，你怎么一直不愿意帮忙？"

"让你周末开车送我和孩子去父母家，为什么一个月都没做到过一次？"

…………

在一个训练营的课堂上，老师设计了一个环节，夫妻双方可以当面指出对方的缺点和过失。有一名中年女子不停地质问她的丈夫，大抵就是日常生活中的琐事，丈夫没能帮她，让她一直耿耿于怀，心生怨恨。

现在，时机来了，她干脆全部倾诉出来，说个痛快。那天，我注意观察她的面孔，几乎是扭曲的，而她的丈夫也以各种理由反驳她。即便是当着众人讨论问题，两个人都是一副得理不饶人的姿态，振振有词，都以为自己有理。

妻子说，你怎么不帮帮我。丈夫回应，我的事情也很多，凭什么一定要帮你。话说到这里，妻子除了无奈，还有委屈。我看见她的泪水开始在眼眶里打转。

这对伴侣，男人看上去四十岁左右，女人三十多岁，结婚八年多了。他们更像是两个独立的个体，说话都不在一个频道上。你很难想象，他们平时是怎样沟通与交流的。又或者，他们已经习惯了各自不再交流。

若不是训练营课程的要求，他的妻子估计也不会把这些陈年旧事拿出来讨伐。其实，这个问题的关键是，妻子对丈夫产生的依赖感得不到满足。我们试想一下，如果幼儿园证件她能自己想办法去解决，出门的事也能独自处理，她还会有后来的委屈和抱怨吗？

"男人就应该帮助女人，否则，什么都自己做了，要他有什么用呢？"这话听起来似乎也没错，两个人在一起就应该互相帮助。然而，在现实生活中，如果同一屋檐下的两个人都被烙印上了人性里的偏执和刚硬，那么产生痛苦就是必然的。两个无知而高傲的灵魂都不肯低头，为了各种琐事争吵，半生光阴就此耗尽，想来让人深感惋惜。

这也完美地回答了一个常见问题。在恋爱期间，很多情侣都能和睦相处，疼爱有加。而一旦走入婚姻，随之而来的往往是漫长的纠葛、争论、讨伐，彼此伤害，难以得到幸福。大抵是因为恋爱中的男女在初涉爱河时，内心柔软而真实，不会计较，恨不得把所有的美好都给对方；而一旦进入婚姻期后，因为私欲的不断涌现，关系的界限逐渐变得模糊，矛盾开始出现，彼此都觉得对方有责任和义务迁就自己，为自己做一切事情。

如此一来，他们就把自己丢进了一个完全依赖的环境中，此时，痛苦也就自然而然地出现了，并开始膨胀发展。

这种状态有点像幼童对父母的依赖，一旦无法得到满足，就会痛苦万分。比如，孩子向父母索要一件玩具，父母没有做到，孩子就会满脸的不高兴，开始乱发脾气；父母没能满足孩子吃糖果的愿望，孩子就会在地上打滚、哭闹。

很多成年人之所以会产生痛苦，是因为他们只是年龄在不断增长，心智却一直处于幼童阶段。那种需要被人照顾、希望对方迁就自己的想法，在脑海中已经根深蒂固。

一颗种子埋在了土壤里，开始生根发芽，需要得到持续的浇灌和施肥，最后才有可能开出璀璨的花朵，给人以愉悦。如果得不到充足的营养，就会发育不良，慢慢枯萎。

如果说唯有痛苦才能给人带来教益，那么，心智成熟无疑可以让我们变得更加理性与智慧。所以，如果你无法真正解决心智的问题，就难以获得成长。而智慧，恰恰是启发自我解决问题，让心灵持续成长的良药。

克里希那穆提说："如果有爱，就没有依赖；如果有依赖，就没有爱。"在他看来，爱始终是独立的、自由的、无私的，没有任何攀附的。但凡产生了依赖，而依赖无以得到实现的时候，就会有恐惧、贪婪、愤怒、寂寞种种负面情绪产生，而根源则在于思想。

"思想，因为是破碎的，所以造成依赖。"具体来说，就是你的思想没有形成坚固的支点，很容易对他人产生依赖。而这个过程有时候是有形的，有时候又是无形的，你甚至会不知不觉地陷入依赖中而无法自拔。

这种感觉和欲望是不是似曾相识呢？人的痛苦，很多时候和欲望有一定的关系。欲望越多，快乐就越少；依赖越强，痛苦也就越深。

我们都希望快乐、平和、顺利，一旦现实不能如愿，就会有痛苦，而且会对这种痛苦产生恐惧与怨恨，让光阴在怨恨中度过。如此一想，我们不妨调整自己，不强求他人，也不苛求自己。另外，也不要因为私欲而与他人产生敌对的情绪，这样也很容易造成痛苦。

《金刚经》说："一切有为法，如梦幻泡影，如露亦如电，应作如是观。"面对世事无常，我们需要做的就是面对它、接纳它、处理它，而不是质疑："为什么结婚前他（她）什么都能帮我、理解我、包容我，结婚后整个人都变了呢？"

事实上，谁都没有变，导致这一切的原因是对自己、对他人的了解不够深入。当你明白这一点后，就没有了依赖，也没有了怨恨、计较、不平与委屈。

在现实生活中，我们所能做的，而且可以做到的，就是生起对爱情的尊重与爱惜，生起慈悲与怜悯之心。一个人若能智慧地对待情爱、婚姻，那么他的爱人之心也会得到滋养和成长，获得对等的回报。

其实，在现实生活中，真爱一直存在，但容易迷失的始终是我们对爱情的理解。我们的心过于焦虑、缺乏安全感，造成了无止境的索求、空虚和痛苦。最妥帖的情感，是不以占有、自私、索取为前提的。

所以，我们尽量不要过于计较，也不用在意对方的过失和缺点，而是从自我出发，多掌握自己的身心状态，多付出，不求回报。因为你的无力，说不定也是对方的无力；你的匮乏，说不定也是对方的匮乏。如果你能学会同理心，能够无私付出，内心的怜悯和慈悲就能够为爱情提供滋养，让它变得温暖、日益丰盛，快乐和幸福也就自然而然地来到你的身边。

当我们能够不依赖伴侣，不再觉得对方为你所做的一切都是理所当然时，就能够减少内心的执着，成为一个独立的人。

"你的儿女，其实不是你的儿女，他们是生命对自身渴望而诞生的孩子。他们借助你来到这个世界，却非因你而来，他们在你身旁，却并不属于你。……你是弓，儿女是从你那里射出的箭。弓箭守望着未来之路上的箭靶，他用尽力气将你拉开，使他的箭射得又快又远。"这是黎巴嫩诗人纪伯伦关于父母和子女关系的教言。夫妻间如果也能学习这种独立的思维，就不会给情感带来伤害与委屈。每个人的人生和命运，若一味产生依赖和要求，就会让生活中的问题频繁出现。

我曾经看到一句话，觉得很有道理："男人的婚姻出现问题，在于婚后只想往上攀登，对婚姻缺少经营。而女人的婚姻出现问题，常常在于女人婚后觉得万事大吉，以为其人生价值就此实现。她们要求丈夫'改邪归正'，把精力完全放在家庭和婚姻上。"这段话基本道出了婚姻问题的本质，也阐述了男女双方对情感依赖方向上的不同，由此产生了束缚、怨憎与痛苦。

在成长的过程中，父母无私付出，培养我们长大，为我们提供滋养与能量。在爱的浇灌下，我们的心智日渐成熟，从而有能力将美好传递给身边的人。

如果我们能时刻保持上面的心境，容纳一切，给予彼此空间，就如同橡树与松柏那样，各自耸立成长，各自寻找自己的一片阳光，茁壮成长。

你所谓的情爱，不过是生命能量的浪费

"爱情对我来说，是疲惫生活中的英雄梦想。"她引用了杜拉斯的句子，来解释爱情中的困惑与矛盾。她年过三十，是S城电视台的营销策划，有自己的家庭。

一个有妇之夫，闯入了她的婚姻。她渴望得到交流和温暖，但又担心自己深陷其中不能自拔。她很清楚，这段关系里因为财富和地位的不对等，多少带有欲望、占有、虚荣和寂寞的味道。她还担心，这段情感最终会自欺欺人，弄得两败俱伤。

她又说："蓝颜知己不过是自己少年的一个梦想。如今，得到了这样的关系，却无法感受到踏实。黑暗中的情爱，自然无法正常交往，但我们又不懂得自控，只好折磨着彼此。"

可见，年轻时的梦想，会影响一生。成年之后，一旦有合适的异性，她就想以此来重温当年的美好。殊不知，这样的关系看似美好，却更像一场危险的游戏。

在所有不对等的关系里，心中的欲望一旦被点燃，最终被焚烧的必定是自己。又或者，你所认为的美好情感，半路杀出的那个特别懂你、无话不谈的灵魂知己，说不定只是一个诱惑，成为

你对情感或者自我认识的隐形考验。

如果你足够清醒与理性，就应该知道，不是所有的美好情感，都要占为己有的。因欲望、虚荣、寂寞而产生的爱情，不过是一种乏味、肤浅且低级的情感。一个人若只是将情感视为乐趣或者占有的工具，又如何能从中获得力量和爱呢?

人之所以被称为人，是因为具备足够的克制能力。所有的高级情感，往往自由、纯粹，能给予彼此启发、理解和深度探索，可以长久存在；而那些低级情感，不过是停留于表面的甜言蜜语，彼此边界不分，充满欲望，更无法深入心灵，而且转瞬即逝……这种情感，虚妄乏味，是对生命的浪费。

醒来后，你会发现，他依旧是他，你终究是你。你们不过是彼此身边的猎物，被粗暴急迫地占有后，不了了之，无法得到由爱带来的妥帖与温暖。无度索取，仓皇表白，施压逼迫，纠缠撕扯，并不能维持情感，反而会加速损耗与伤害。

所以，有些看似美好的情感，只不过是在慢慢将一个麻木的灵魂，往悬崖边推进。如果没有智慧和克制，就注定会摔得粉身碎骨。回头再看以前走过的路，不过是一段屈辱的历程，让人不堪回首。

所以，如果不想在一段情感中迷失自我，最终变得伤痕累累，就趁早果断离开，然后自我愈疗。

在生活中，一个人一旦将情感看作工具，只是为了满足私欲，那么，他就是一个情感刽子手，残暴而不自知，也不懂得如何爱一个人。

在世间的情爱中，有些人的出现，只是为你内心打开一扇窗，你们可以谈笑、问候、温暖，却无法被占有。这是一种理性的情感模式。

之所以如此，只是为了成全彼此的情感，在岁月长河中，为自己的人生画卷添上独特的一笔。

简单、真实、自然、克制的情感，应该是在互相尊重、不自欺亦不欺他的基础上，完成对彼此的爱慕，让卑微的个体得到共鸣、升华及超越。他们也必定会在这种灵魂相触的舞蹈中，伴随生活中的柴米油盐，编奏出各自独特的交响曲，释放自由与真心，成为纪念情感的有力凭证。

爱情的美好如同花朵，但不是所有的爱都如水仙花一样香气四溢，给人以愉悦和享受。它有可能是一株罂粟，让你深陷其中，成为消耗你的毒药。有些情感需要克制，因为它只是幻觉和游戏，万万不可涉足。

男女之间的情感，不应该是游戏，而应该心存敬畏，保持清醒的距离，心怀恰当的爱慕之情。如此，你最终会发现，一个简单天真的人，在保有爱的源泉的同时，亦能滋养、恩惠他人。

美是夜色中那一轮皎洁的明月，亦可以是清晨的露珠，散发出清冽的馨香。美好的事物，人人都希望占有它，但一个人若能对美保持克制，诗意地去欣赏它，亦不失为一种美好。如果你真的对美怀有敬畏之心，对感情保有爱慕之情，那么你应该好好珍惜，谨慎对待。

是的，对等、纯粹、心怀敬畏的美好爱情，它应该是在爱的源泉里各自成长与成全的。情感一旦有了不对等、试图掌控和占有，大概也会是危险的开始。

　　所以，若想判断你所谓的爱是否为虚妄、游戏，先要确定你是否真正了解爱，了解你自己。唯有如此，你才能从爱中得到真正的欢喜。

嫁人为什么一定要有"好处"？

"结婚前，要是对方不买房就分手，要不然我结婚什么好处都没有，何必呢！"R在一次心理课上这样对老师说。

"你说的好处，是指房子吗？"德国的心理治疗师伯特先生这样问她。

"两个人在一起，要么有很多很多爱，要么有很多钱。这是我的价值观。"

"现在过得怎样？"

"反正就那样，谁也顾不了谁，前年因房贷断供，银行要收回房子，现在房子已经转入我婆婆名下。"一段关系，没多久就跌入谷底。这就是R的婚姻面临的现实。

在这场婚姻里，我们看不到多少爱的成分，只看到了赤裸裸的利益和算计，正应了那句话，"心有小九九，天有大算盘"。

R将房子作为结婚的必要条件，最后硬是让一段关系变得糟糕，充满怨恨与纠葛，但又没有离婚的勇气。这其中的无奈与苦楚，恐怕只有她的内心最明了。

据说，有一份报告显示，52%的女性认为结婚时，房子是最重要的。在有些地方，还必须付出一笔不菲的彩礼。对很多家庭来说，光是彩礼就成了极大的负担。而在很多发达国家，两个人在一起，首先考虑的是爱，然后才是房子、金钱等。在中国，房子从来都是一个不容回避的重要问题。

当然，都是食人间烟火长大，物质、金钱不是负面的东西，它确实可以给人带来安全感、满足与荣耀，有着重要的意义和价值，但是它一旦成为婚姻的首要条件，你就得考虑这里面爱的成分到底占多少。

有人说，现在是经济社会，没有物质和经济基础的爱情是不可靠的；也有人说，他给予了我丰沛的物质，但我丝毫感觉不到爱；还有人说，他处处照顾、关心、爱护我，却并不能为我提供富足的生活……在我看来，以上种种说法，和真正的爱并无太多瓜葛。真正的爱是自由、不占有；是无私给予，而不是无节制索取；是纯粹、融合，而不是纠结、计较。

有一个记者问婚姻专家，为何当下中国会有彩礼、婚房这样的事情。她说："可能跟女性长期处于依附地位有关，她们总喜欢将自己归于弱势群体，自己没有的东西，就希望对方给予；又或者，我们刚刚温饱，太需要用物质、金钱来体现自己的存在及重要性。其实都在证明自身不够强大。"

在生活中，人们总是会以爱的名义不断索取。殊不知，那时候自己已经进入了讨爱的阶段，内心有了依赖，允满不安全感。

比如D，她与男朋友交往的时候，还处于创业阶段，男友无条件地支持她，几次拿钱给她周转。一次，男友因为资金紧张，无法继续给予她支持，D就以两地分居、不宜结婚作为理由，要求分手。末了，D还说："先前你给我的钱，算是对我的青春补偿费。"情爱聚散，本是正常的事情，却因为金钱，瞬间散得干干净净，真是让人感慨。

在现实生活中，类似的例子太多了。当我们恋爱时，会因为缺乏安全感，百般计较，提出种种要求。有些人甚至还没有确定关系，就明码标价，提出各种要求。在相处的过程中，但凡有丝毫出入或者差异，就会产生分歧和争执，为此纠缠不清。正因为如此，很多桩婚姻以欢天喜地开场，以闹剧结束，到头来，还是竹篮打水一场空。

当下，大多数人的观点或许是：爱首先得有一些基本的要求——你爱我，你就得为我付出，包括时间、精力和财富，否则就是不爱。似乎没有这些，就无法建立一段关系。

然而，祖辈们的婚姻，却丝毫不讲究物质，也没有复杂的要求，一旦结为连理，他们就会为家庭无私付出。在他们的观念里，没有爱或者不爱，有的只是在责任感和彼此依赖、眷恋的惯性中共同生活。

上一辈的中国式夫妻大部分情感清淡，但却稳固；也有吵闹和不愉快，但他们能在一段婚姻里把日子过得妥帖，充满温度和情意。因为要求简单，生活亦就多了踏实，一生琴瑟和谐，恩爱有加。曾经的甘苦与共，化作一世相伴。

再早些的旧式婚姻，比如《浮生六记》中的陈芸与沈三白，他们的感情故事，更是耐人寻味。他们婚前未曾恋爱，婚后却相敬如宾，被传为佳话。

她说："唱随你二十三年，你百般体恤，不因为我的顽劣而放弃，我得到像你这样的知己和夫婿，此生没有遗憾。"

他说："我们连幼时的一碗粥都可以说个不休，若是来世没有忘记今生，那么再结婚的时候，一起细谈隔世，恐怕会说得没有眼睛合上的时间。"

陈芸终究是明白感恩、体恤、宽宏之人，而沈三白也是懂感情的性情中人。他们游历人间，相伴终生，一起"课书论古，品月评花"，曾"花光灯影，宝鼎香浮"，也曾"变迁动荡，家境困顿，未来缥缈，病痛颠簸，辗转寄宿，儿子病逝"……然而，他们的生活却充满坎坷，难得安稳，一世恩爱，最终难得善终。她客死他乡，他叹息"知己沦亡"。

无论如何贫寒，无论多么艰辛，无论颠沛流离，却从不见这对夫妻彼此抱怨、疏远、离弃。平静和隐忍，善良与忠贞，融入了日常琐事中。一蔬一米，一羹一汤，都变得有滋有味。珍惜姻缘，浮生相伴，陈芸和沈三白的感情，在今天来看，依旧不失真切，让人动容。

两百年后的今天，世间万象变迁，物欲横流，婚姻亦不例外，种种欲望和要求，使得本该简单、纯粹的关系，最终因为彩礼、戒指、婚纱照、车子、房子，变得复杂。

生活从来都简单，你若复杂，最终也会得到复杂。于是，我们看到在现实中，结婚不久的人，日后会出现"婚外恋"、"离婚"、"离婚官司"、"七年之痒"等现象。生活中的种种乱象，如同闹剧，让人无语，更像一种现实中的魔幻主义。

在有些人看来，爱情和婚姻似乎必须要建立在物质之上。所谓的大房子、奢侈婚纱照、豪华婚礼，成了婚姻的重要组成部分。而这种婚姻，初看如烟火，让人目眩，但很快，光芒消失，剩下的只是空洞乏味、磨损、消耗、推诿、计较、躁动……

我们的婚姻若能真心为对方付出，不计较得失；有共同的价值观，一起向目标努力；没有索求、纠葛、计较，不断地修炼和强大自我；没有幻觉，亦无想象，保持关系的简单纯粹，你和我，我与你，不掺杂其他因素，单纯而美好。或许在那一刻，我们就能找到真爱，幸福一生。

世间万般皆苦，唯有情执最苦

"我们之间已经没有爱了，也是无性婚姻，只是舍不得孩子……他有婚外恋，他们有感情，我可以选择离开。我有独立养活自己的能力。他不愿意离婚，但也不想结束外面的关系，表面上对我比以前好。现在，我们互相装着、哄着，没意思。"素心在我的公共平台留言。

我看时间，又是凌晨。一个女人，充满无力感，无处倾诉，跑来找我这个陌生人，想想也是很苦的。

我一直都觉得自己不是一个擅长解答婚姻问题的人，但偶尔还是会谈论它。因为我看到很多女性在对待感情的时候，没有隐忍的智慧，也无托举的力量。当伤害来临的时候，只好自怜、痛苦、找人倾诉，内心充满焦灼。

无论婚姻还是爱情，它就像工作一样，需要你选择适合自己的方式，然后独自去摸索、体察及接纳。这样，你才能获得经验，得到成长。

回到开头的倾诉。素心说："我们之间已经没有爱了，只是舍不得孩子。"这是我听过的比较普遍的问题，似乎孩子成为了她们不能离婚的主要原因，所以会纠结和痛苦。

仔细想想，针对这个问题，其实她有这样几种可能：第一，选择不宽恕，获得解脱，开始新生活，然而放手不易；第二，为了保全婚姻，选择隐忍，忘却之前的事情；第三，选择开放式的婚姻，双方扯平。当然，第三种方法是不道德的，也最危险，往往会让人付出惨重的代价。

一个秋天，我在武汉，女友发来信息，说想透口气，出去转转。她是一个工作狂，或许是有房子和孩子要供养，既当爹，又当妈，几乎从不给自己放假。

我说："也好。如果累了，不妨慢下来歇歇，或许时间会帮你做出选择。"

她说："现在公司出问题了，老板因为婚外恋出事了。员工的心散了，开始各自谋出路。"

女友的老板和弟媳发生了关系。老板的妻子也不是省油的灯，也和外面的一个男人开始了婚外恋。他们有一个十岁的儿子，只是因为孩子，因为企业的利益捆绑，一直不愿意离婚。最终，开放式的婚姻导致四个家庭破碎，多人受到伤害。孩子从此失去父亲，父母成为人们唾骂的对象。在这种环境下，孩子很难正常、茁壮成长。

新闻里，因为婚外恋导致的悲剧从来不少见。大多是因为没有了爱，却又不甘愿放手，最后有自残的，也有坐牢的，甚至有付出生命代价的，这已不再是一件稀奇事了。

在一段婚姻关系里，最残忍的事情，不是没有了爱，也不是出轨，而是没有了爱，却还要假装恩爱，勉强维系，对外则冠冕堂皇地说是为了孩子。这种自欺欺人的方式，只会让伤害扩大。

我说过，生命从来都是庄严的，有它特定的密码和规律。生活也从来都是严肃的，你怎么游戏生活，生活就怎么戏弄你；你怎么糊弄日子，日子就怎么糊弄你。同样，你如何不善待婚姻，婚姻就如何困扰你。

在当下，情执是一个非常普遍的现象，他们呈现的形态也是各不相同：有出轨报复的，有失恋自残的，也有死缠烂打的，还有家暴的……世间万般皆苦，唯情执最苦。

《礼记·大学》里说："身修而后家齐，家齐而后国治，国治而后天下平。"这里，齐家为首要之事。在我看来，齐家首先来自夫妇共同努力的决心。

当下很多婚姻出现问题，人们首先想到的不是耐心沟通、解决问题，而是想着怎样敷衍度日，抑或在外面寻找安慰。其实，对于缘分已尽的夫妇来说，离婚是一件很自然的事。这种自然就像瓜果成熟之后坠落地面，不会有任何的依恋与痛苦。

问题是，很多人既不甘愿离婚，又不愿意给对方自由，选择放手。婚姻中，如果无法做到洒脱，就会有痛苦。这种痛苦，是因为情执带来的苦。

宗萨蒋扬钦哲仁波切在讲解《心经》的时候说："世俗看待问题常有三种错误，即把事物当成整体的、常态的和独立的，而事实上，根本就不存在什么永恒不变的、独立存在的和完整的（事物）。古往今来，有谁的感情、谁的人生是完整的呢？每个人的心都是善变的、无常的，所有人的命都是波澜起伏的。生命的感受最终也都将归向于痛苦。"

这段话看似有几分悲观，实际上说的也是情感的真相。婚姻也同样如此，它会因种种无常而带来痛苦。关键看你对它的忍耐及接纳能力。

世界上没有无缘无故的爱，也没有无缘无故的恨。爱恨情仇，都有一定的因缘存在，只是因为我们自身的无明、内心不够清净，所以难以看到真相。

人生的真相是生死无常，婚姻的真相是用心珍惜、共同经营，保持人格与金钱的独立。若缘分已尽，就送人一程，表达祝福，一别两宽，各生欢喜。无论怎样，我们都要对婚姻保持基本的敬畏。

在这个世界上，婚姻、情爱只是生命的一部分，而不是全部。哪怕自己是受苦的那一位，也要积极乐观地去找原因，试图解决问题。拖延、逃避、找借口，只能得到短暂的安宁，治标不治本。

事物的发展，都有它特定的轨迹和期限，且不以人的意志为转移，婚姻也是。当婚姻发生变故的时候，不要想是不是自己做错了什么，也不必太过紧张。兵来将挡、水来土掩，顺其自然就好。永远不要抱着侥幸去生活。因为，如果是你的劫难，躲不过；如果是你的福报，也少不了。婚姻聚散离合是难免的，也是正常的。

你需要具备力量去承担这一切。当风雨过后，你会觉得一切都是过眼云烟，曾经的执念、痛苦不值一提。

"人生如梦幻，无论何事物，受已成念境，往事不复见。"在现实生活中，情感靠因缘，聚散有归期；婚姻有变数，面对、接受、处理、放下，为上佳之选。面对，是为了让我们更有勇气承担困难；处理和放下，是为了让我们不再那么辛苦，平白无故地承担诸多无意义的折磨。

愿你有被爱的幸运，也有爱人的能力

　　如果将爱比作甘泉，人比作花朵，那么花朵只有在得到甘泉充分的滋养和浇灌后，才能茁壮成长，最终盛开，给予他人以美的享受。人也是如此。一个人只有从小得到了丰盈、饱满之爱，才可能在成长的过程中，将这份丰厚的爱传递给身边的人。

　　在生活中，我们经常会遇到这样的人，他们阳光、温善、礼貌，内心不偏执，很懂得注重他人的感受。再回头看他们原生家庭里的教育，多半都是得到了丰足的爱意传递。

　　反之，内心固执、傲慢、自以为是、说话刻薄的人，不愿意为他人做出改变和付出、很多时候只想到自己的人，多半是在缺爱的环境中长大的。以至于成年之后，他们只会注重自身的感受，完全不在意他人的死活和好坏。

　　最近去医院看望病人，使我更加深切地感受到，一个人唯有在被爱后，才能懂得如何爱别人。

　　M夫妇有两个儿子，家里有两套房子，过着优裕的生活。最近，M的丈夫因为工伤事故，需要做截肢手术。在3个月的治疗期里，两个儿子从未探望过。小儿子只在手术当天打电话问候了一声。因为丈夫身材魁梧，妻子每次给他清洁身体、换药，都十分困难。照顾病人时，她心力交瘁，想到孩子没有一个来帮忙，她不由潸然泪下。我很理解她内心的感受，但我更加相信这一切的无奈，是他们自己导致的。

两个孩子从小在金钱宽裕的环境中长大，父母采用的是棍棒加放养式的教育。比如：孩子想要的玩具，有求必应；为了提升艺术修养，不管孩子愿不愿意，就给孩子请了私教；过年的时候，孩子收了长辈的压岁钱，不知道道谢，父母就为孩子开脱，说是性格内向；孩子在学习阶段，可以随意退学；他们提前为孩子购置了婚房，自己却缩衣节食。然而，只要孩子不听话，或者犯了错误，得到的只有棍棒相加。

总之，这就是M夫妇以为的对孩子的爱。一味地付出、纵容、娇惯，却忽略了心灵层面的教育和关爱，导致亲子关系一直处于麻木、机械的状态。少年以后，孩子的问题开始出现，冷漠、自私、固执、懒惰等各种性格缺陷，开始像火苗般慢慢燃烧起来，不自觉地灼伤身边的人。

一个父亲做手术时连声关心问候都没有的人，又如何去爱日后婚姻里的伴侣和孩子呢？

之所以觉得原生家庭对孩子重要，是因为一个在爱匮乏和缺失中成长起来的孩了，和一个被爱丰盈和满足后的孩子，在成长过程中对待自己、他人的态度显然会不同。毕竟，一个人唯有爱意丰沛，才可能去滋养周边的人。

年轻妈小U，从小在充满爱的家庭中成大。她的父母都是普通的工薪阶层，并不富有，但十分注重她的内心感受，交流从来都是以商量的口吻进行的。有一个小女孩和她一起长大，家境贫寒，但小U的母亲告诉她，人与人之间没有高低、贵贱之分。

当别的家庭纷纷远离那个贫寒的小女孩时，小U总是试图和她一起玩耍，分享食物和衣服，没有任何的嫌弃，也没有一丝优越感。或许是小女孩被她的爱和关心所感动，每年年底，她都会亲手做一双鞋垫送给她，变着花样构图，做工精细。这份小小的礼物，传递出爱的温度，也让她深受感动，并用心珍藏。

后来，她们各自长大，去了新的城市生活，也找到了彼此的爱人，并有了孩子。小U依旧是一个习惯分享、情感细腻的女子。她在儿子五岁时，一起出门旅行，从来都是各自拖行李；六岁，教孩子做各种家务活；十岁，她出门做义工，总会带上孩子；十六岁，孩子因学业变动，去外地读书，母子果敢分离，没有任何不舍，但会经常电话聊天。

她希望他成为一个有责任担当、懂得自立、学会照顾他人、分享爱的人。孩子如今已长大成人，非常懂得顾及他人的感受，健谈、阳光，并能给予他人关心与善意。

有时，小U有点咳嗽，他都习惯嘘寒问暖，督促她按时吃药。他常说的一句话就是"我是妈妈的小帮手"。出门在外，不管熟悉和陌生的人，他都表现得很有礼貌、富有亲和力，也懂得细心关照他人。

所有细微的言传身教，会潜移默化地影响着孩子，也让他的心智得以成熟。所以，你看不到她儿子身上有任何溺爱的痕迹，在待人接物时处处散发出爱的能量。这样的孩子，自然也是一个有能力分享爱、供给爱的人。

我向来都认为，在爱的关系里，被爱是被误解最多的：我们表面上说是爱孩子，不过是以大人自居，释放自己的控制欲和权威性；我们爱伴侣，不过是在盲从与占有中，获得肉欲之乐，满足自身所需；我们爱天空、大地、自然，只是因为它们能让我们更好地生存……诸如此类的情形，让爱变成了一种概念和名词。

真正的爱是动词。如果我们不能爱或者被爱，我们可能永远都一门心思地只为自己考虑，无法体恤他人，甚至都无法做到真正爱自己。

一个人在爱意丰足后，他会将这种能量传递出去。比如，在路上，看到哭泣的孩子，他会心疼，想过去安抚；看到一块石头挡路，他会想到移开，避免伤害他人；遇见需要帮助的人，他会怜悯，无私地提供帮助；身边的人若取得好成绩，他没有任何的嫉妒，大方随喜。

这些看似微小的善举，传递出的是一个人内心的美好与爱意丰沛。这种爱因为简单而纯粹，因为真实而值得尊重。

一个人若在童年得到丰盈的爱意温暖，终究是理想的。他们因为在被爱后，更加懂得爱的珍贵。如果爱是我们此生需要修完的学分，那么被爱就是我们需要知晓的秘密。这种关系的发生与成长，从来都是相辅相成、互为依存的。

最后，愿你有被爱的幸运，也有爱人的能力，从而得到真正的自由与福祉。

在亲密关系中自我觉醒

在亲密关系里，总会有各种矛盾和问题出现，一旦无法解决，就容易产生误解、愤怒和伤害，成为爱的最大障碍。

一位结婚五年的中年女性，充满激情，有着睿智的商业头脑。她掌管着家里的事业大权，丈夫只是她出席一些重要活动时的陪衬。她最大的资本是财富，但伴侣间缺乏交流，精神匮乏让她心生厌倦。他们从一见钟情到逐渐疏离，不过五年时间。但她又不甘放弃当下的安稳，毕竟对方还算是一个体贴、懂得给予家人温暖的人。

另一位已进入不惑之年的男性，儿女双全，太太是海归，夫妻回国一起创业，成立了儿童美术绘画馆。在不到六年的时间里，他们将一个小店扩张成五家连锁店。在事业腾飞的同时，感情的危机也随之而来。两个人从最初的患难与共，很快就发展成了抱怨、摩擦、对抗，将工作上的质疑、争吵、伤害，逐渐带到生活中。各自性格里的缺陷和矛盾，也在摩擦中被逐渐放大。

要知道，亲密关系里的怀疑与冲突，就是关系出现裂痕、走向破裂的开始。

还有一对年轻夫妇。她是独生女，在香港长大，后来随父母移居北京。他在东北最偏远的山村长大，是家里的长子。他勤奋刻苦，聪明能干，获得了高学位。他为人善良，对父母孝顺，只是从来不知道如何去宽容和关心自己的伴侣。

　　他一度以为对方嫌弃他的贫穷。她说："人真正的贫穷是内心。他总会说最近发生了很多烦心事，却从来不关心我的生活有怎样的不安与动荡。父亲因一次高血压中风，长期半身不遂。我也需要被安慰。"她心力交瘁，几度尝试离婚，而他只是逃避，不愿意沟通。

　　以上三个案例，他们共同的特点就是在爱情磨损后，怀疑一切坚持是否值得。结婚之后，当责任、工作、生活等开始介入，在现实面前，双方开始变得无力。有时，一个小的错误或缺点，都会成为对方攻击的对象。也就是说，彼此已经心生厌倦，甚至觉得对方糟糕透顶。伴侣身上的优点全部被磨灭，缺点被无限放大，对对方的感激和欣赏也越来越少。

　　当需求与现实落差巨大，需求无法得到满足时，亲密关系里的矛盾，极其容易演变成争吵，甚至会完全丧失理智。当初的爱慕、感动、优雅、海誓山盟，全然抛之于九霄云外，所以才会有歇斯底里的大吼大叫，甚至暴力相加。最纯真珍贵的爱，在这里消失无踪。更致命的是，双方还不愿意沟通，造成了进一步的摩擦与疏离。

　　沟通最大的好处在于，通过沟通你会发现，对方跟你一样背负了同样的痛苦与不安。这时，你尝试以同理心善待对方，就不会再有怨恨。你甚至会发现，两颗灵魂背后的同病相怜，从而更加珍惜彼此之间的关系。那一刻，爱里的敬重与温暖被放大，矛盾和伤害被缩小，直至消失。

很多时候，在亲密关系中，发生冲突、矛盾与分歧时，我们很容易从对方身上找原因，或者像个"盲人"一样，看不到矛盾的本质和根源，只是将责任全部推给对方。

当爱无法带来满足和归宿感的时候，伴侣就成了彼此讨伐、怨怼的对象。这样的情感，很难说是真正的爱。毕竟，纯粹的爱是与境遇、失衡、索取无关的。真正的爱，是给予对方足够的自由与平衡，帮助自己认清、提升自我，在亲密中找到自己。

当爱迷失时，我们往往会说："他变了，变得不可理喻。以前的他对我多好。当初我怎么就没有擦亮眼睛呢？"总之，是对方变了，不由后悔当初的选择，内心开始躁动不安，想着是不是应该再去寻觅新的伴侣。

这时，一切都是幻觉。在一份感情中，由美丽的初识，到炽热的热恋，再到彼此熟悉、窥探到了真相，才逐渐发现一个悲哀的事实：对方并没有想象中那么好。然而，智者会发现，变化的不是对方，亦不是自己，而是生活带来的困顿与焦虑，它成为了阻碍你继续探索幸福的牵绊。

遗憾的是，大多数人的情感，中途被折损及伤害，多是向外求，而非想着向内求，寻找问题的源头。要知道，一个人的快乐、幸福、安全感……诸如此类通往美好的源泉，都需要从自己身上探索，而非从他人身上获取。

向外看的人，梦着；向内看的人，醒着。这句话和心理治疗师克里斯多福·孟所说的"幻觉是灵魂给我的礼物，让我能从'向外探寻快乐'的错误思想中跳脱出来"有几分相似之处。

他还说："所有的问题，其实都是经过伪装的礼物和宝贵经验。你所看到的每件事，都是你内心世界的投射。倘若在我们的需求没有得到满足，对伴侣的改造计划又全都不起作用的时候，幻灭就来了。这时，我们就会做出一些'偏差行为'。这里的'偏差行为'就是想控制对方，甚至使出一些小伎俩来诱导对方，使自我得到满足；或者将自我包裹起来，置入痛苦的绝境，不停向外寻求安慰和倾诉。"

倘若我们把亲密关系设为一面镜子。你对镜中的自己说话，问他能不能改变态度。然后，再想着如何去适应对方。此刻，你若用心觉察，会发现伴侣对你产生的敌意和情绪，就来源于你自身的缺点和矛盾。

所以，在某种程度上来说，亲密关系不是你挖掘爱与幸福的来源，也没有满足你的期待、让你开心的责任。当你甘愿去探寻与觉醒，积极改正自我，而非对抗，就是你获得成长的机缘。

回到开头的案例。所有亲密关系的矛盾，大抵是不知道如何以"爱"的方式去解决。

"问题不能被解决，但人可以成长，从而跳脱问题。"这是心理学家荣格对解决问题的看法。这里的跳脱，应该是从自我固化的思维框架中解脱出来，成为一个不那么健忘、善于从矛盾中吸取智慧和教训的人，承担起本身该担负的责任。

直接点说，人若想获得成长，必须先跳出问题的框架，从自身出发，寻找问题的根源，而非一味从外界去寻找答案。人想获得觉醒，首先要自省。

反之，始终站在"小我"的思维去考虑问题，会使你的思维僵化、停滞，变得喜欢推卸责任，把自己困在受害者的角色中，终究难以得到解脱。一段亲密关系，如同精美的瓷器，一旦失去了珍惜和呵护，就会慢慢开裂，最终损毁。

生命是一次爱的觉醒和传承，亲密关系是通往内在纯真与纯爱的道路。它是用来帮助你认识自己，进而愈疗你的创伤，最终找到真正的自己。它是通往我们灵魂的桥梁。

第二章

你看也好，不看也好，我就是要开花

浮生众相

高架桥上的栏杆炙热滚烫；车马洪流裹挟着太阳的温度，来往穿梭；树上的知了不停鸣叫；阳光穿透丛林，地面光影斑驳。这是十月的S城。天气依旧非常闷热，额头上的汗珠频繁滴落。我独自低头赶路。

决定走一段长路，与久未相见的朋友聚聚。在路上，看到一位年轻、高挑的女子，撑着旧时的油纸伞，从一个小巷的拐角冒了出来。她像羽毛一样轻逸，从我身边掠过，余香清淡，让人为之精神一振。

我回头看了她一眼，她身穿一袭飘逸的长裙，脖子和耳朵上都佩戴着手绣饰品，步态优雅，眼神笃定，肤色白皙，睫毛经过精心涂刷，脸上浮现出一种洁净且安静的气息。整个人像从一幅油画走下来的美好少女，让人印象深刻。

我很快找到一间咖啡馆，里面没有什么人，两个穿着白色衬衣、系黑色蝴蝶结的服务生，在吧台捣鼓榨汁机。好像机器坏掉了，而客人又在一旁等果汁，他们不断地向客人道歉。

空气中弥漫着小提琴、大提琴、钢琴混合的协奏曲。旁边有个年轻的女子在放开喉咙打电话，也不懂得压低嗓门，将整体氛围全部打破。大概是和人谈房子抵押、申请贷款的事，语气焦虑、急躁，她告诉对方，这个事情一定要办成，否则手里的现金流就会断掉，很多工人会来找她算账。全程交流气氛紧张，充满躁动与迫切感。

她打电话的时候，我发现她的手指上戴了一个绿色的翡翠戒指，散发出剔透的光亮。只是她神态慌忙，面色憔悴，与她身上的装扮并不相符。

我先到一会儿，便拿起一本刚买的传记看。十分钟后，见到朋友。我们三年没见，她依旧热情而亲切，容貌没怎么变化，彷佛不曾老去。

一次，看电视人物专访。一开场，主持人就咄咄逼人，不断抢话，甚至用审问的语气提问。她是那么急迫地想控制采访节奏，只可惜声音和神态暴露出了其不懂得宽悯、同理的心性。

被采访者是一位独立勇敢的女性，学中文出身，做过媒体，善于交际，经历过坎坷，又从中走了出来。面对并不友善的提问，她始终不急不躁，沉着应对。一个历经过人生涅槃和洗礼的女子，最终活出了人生的新气象，其人格魅力、心性的能量，显然是非常人所能理解及抵达的。

作为一个被采访者，在泰然处之的背后，她早已准备了一套娴熟、机警的预备方案，使得开场不久后的采访，看不到任何有价值的交流，也没有坦诚的对话。后来，她更是用抽象、笼统的方式，去回避一些提问，让采访者一度处于被动和自问自答的尴尬中。整场采访也因为这一点，看不到实质性的内容。

这样的采访，为了挖掘某些所谓的真相，不惜揭他人的伤疤。这时候，你需要质疑的是人性和采访背后的真正目的。

好的采访，应该是智慧的较量和心理的博弈，或者交锋过招时的友善互动。非仰视，亦不俯视，而是以一种平视的姿态与人对话，拿出真诚和善良，来换得对方的敞开心扉。

正在写作，朋友发来两张在印度拍摄的照片。

她正在给婴儿喂奶，手腕上戴有各种花色手环，大概十多个的样子。身穿红色纱丽，古铜色的肌肤，淡淡地微笑，牙齿洁白无瑕，整个人气质娴静，充满韵味。这是一位中年妇女。

另一张，她坐在人群中，大概在观看什么节目，红色的毛衣配花色短裙，表情严肃，鼻梁高挺，唇角分明，发质黑亮。眉宇之间有颗小黑痣，但并不妨碍她的好看，是那么的灵动可爱。这是一位八岁左右的幼童。

好的摄影师，拍出的照片能看到人的灵魂，照片的人物会说话，而且说的都是很真实的话。就如同人穿在身上的衣服会说话，告诉外界你的审美。

在摄影棚里，很多男男女女结伴拍照，挑选婚纱，化精致的妆容，然后用大大的相框装裱起来，放在家里的某一个角落，成为象征，也是仪式。

一对年轻的情侣通过电脑选精修照片。女士说，这个笑容自然，好看，留着；那个内衣外露了，真丑，删除；你的样子太木讷了（她抬头看看身边的男士，有几分无奈）。他笑而不语。

在拍摄中，有些动作摄影师指导了三四次，男士才进入状态。即便经过如此精心的安排与设计，他们的表情和语境也完全不在一个频道上。一个充满热情和期待，一个好像在敷衍，只是为了完成任务。

末了，女士对男士说："下午你能不能调整下状态？要是结婚现场找不出合适的摆放照，你负全责啊。"她的语气像一个高傲的公主，又像是对一个未成年的孩子在讲话。

有一段时间，我住在S城繁华的商业街，每次回家都要绕过一个十字路口和一条逼仄狭长的小巷。那里有努力、真实生活的人群，他们像一个缩影，代表了处在城市底层为生活挣扎、打拼的人们。

卖杂货的小店主们忙碌的身影，似乎从未停息；穿时尚廉价服装的女子，靠青春挣钱；中年妇女在缝纫机前，总是习惯低头劳作。客人如流水，每次她都能做到真诚善待，语气柔和，流露出羞涩的笑容；集市卖菜的阿姨，常年天未亮就摆好自己的摊位。每次有人买完菜，她都会说："下次再来啊。"

大概有一年的时间，我去另外的城市学习，再回S城，去买菜，她问："你好久没来，去了哪里？"

"出远门去学习了。"我回答她。她的声音和笑容，让我印象深刻。

我喜欢所有热情、用心生活的人们。

我们低估了安静的力量

一次，因为工作的关系，我要整理国内一位知名企业家万先生的资料，为采访提供参考。在海量堆积的素材中，我大概了解了他的童年及成长背景：家境贫穷，战乱期间父母从广州逃离到香港，一切从头开始。

家境贫寒，让他在新的环境里饱受世人歧视，遭尽冷眼。那时，他最大的愿望是成为一个富人，让自己和家人过上体面的生活，得到人应有的尊严。后来，他的愿望实现了。他的经商之路非常顺利，在不到十年的时间里，就积累了一笔巨额的财富，成为了世人眼中的成功人士，风光无限。

经历了长期贫困的饥渴，富有之后的他，目空一切，迷恋别墅、豪车、美女、山珍海味，盲目地扩展产业，希望得到更多的财富……所有象征着身份、地位的幻象，他沉迷其中。他开始无止境地向外人展示富有，出手阔绰，生怕没有人欣赏他的成功和荣耀。长期的贫穷和自卑，使得他急切地渴望获得关注和肯定。他希望外人能够了解他的生活，知晓他的财富和成功。

他像一颗成长中的树苗，枝干生得张牙舞爪，毫无节制。直到有一天，他遇见了自己的太太，一个内心冷静、从容淡定的女子。她不仅成为了他的灵魂伴侣，更成为了他的人生导师。在外界不断吹捧和荣耀加身时，她不断泼冷水，提醒他要学会在人生最巅峰时，保持内心的低调与宁静。

"大学之道，在明明德，在亲民，在止于至善。知止而后有定，定而后能静，静而后能安……物有本末，事有终始。知所先后，则近道矣……"

古书和一些佛经，是他的太太每天都要完成的功课。这些举动，当时并没给他带去多大的影响与变化。

财富的急速扩张，已经扰乱了他内心的平静。财富和平静总是很难相依共存。他的太太已经觉察到，他早已被金钱所控制，炫耀及盲从让他的生活陷入了恐慌和焦虑之中。他开始觉得压力过大，失眠已成常态。

当时，她曾明确地提醒过他："财富不是人生追求的终极目的，到了一定程度，它只是一个数字而已。如何用它来造福他人，才是金钱存在的意义。一个人不能因为过于追求财富，而阻碍了内心的平静。"

"太急于追逐金钱，可能会使你失去内心的平静。激起浪花的人，可能就是心灵落水的人。"美国励志作家拿破仑·希尔的话，似乎非常符合万先生当时的心境。由于金融危机袭击亚洲，再加上盲目扩充产业，万先生的企业开始疾速下滑，局面变得失控。他身边两个富豪朋友，一个扛不住现实的压力，跳楼自杀；另外一个，在一次应酬后夜归，车祸丧生，死无全尸。

一幕幕惨案在他身边真实上演，他内心开始慌张。好在他到底是经过大风大浪的人，内心有一定的定力。而且，他的企业还有回旋的余地，不至于无法挽回。另外，香港、深圳两地数以千计的员工需也要他来支付薪水，他必须要负起责任。然而，当时他唯一能做的，就是出售别墅和豪车，用来支撑公司的运转。

那时候，她的太太也将一些巨额保险和房产变现，帮助自己的丈夫渡过难关。外面的动荡，丝毫影响不了她内心的冷静，即便身处逆境，她依旧不慌不忙，从容化解难题。

她终究有自己的信仰，相信外界一切事情的发生，都属于自然。她在这时候给予他信心、鼓励，像一轮温柔如水的月光，浇灌、滋养着他的内心，亦给予了他无形的力量，让他重新积蓄力量，开始新的生活。

那一年，他45岁，开始跟随太太，读古书《礼记·大学》："古之欲明明德于天下者，先治其国。欲治其国者，先齐其家。欲齐其家者，先修其身。欲修其身者，先正其心……"也慢慢接触一些佛法方面的经书。

这一切的体悟让他开始意识到，自己曾经是多么的心浮气躁、目空一切。而如今，他的企业几经生死浮沉，遭遇重重磨难，反而让他内心平静，头脑变得更加清醒。在他看来，所谓的成功，只不过是因为无数机缘汇聚，到了一个适合时间，被自己抓住了而已。而握在手里的财富，随时都有可能因为另一场变数，化为一场云烟。

"人生唯一不变的事，就是世事充满变数。当下，我能做到的是，通过企业这个平台，保持正念的心境及内心的平静，从中吸取力量，端正做事待物的态度……曾经，我的心非常浮躁，以为权与钱就是威风、体面。现在，我才理解林肯先生曾经说过的一句话：能力会让你达到巅峰，只有德行会让你长留在那里……"一次面对一家纸媒采访时，他这样表达自己当下内心的感受。

后来，他的事业逐渐有了起色，产业遍及香港和内地。曾经的失去，让他更加明白修心的重要性。

他虽然遭遇了困境，事业风雨飘摇，但他并没有像另外两个朋友那样，因为无法抵抗外界的压力，失去了积极、乐观的生活态度，内心崩溃。人生的起伏，强化了他的内心。他开始明白，所谓艰难，既是磨难，也能够让你从中获得力量。

从此之后，他开始了一种简单、质朴的生活，像他的太太一般，以低调、亲和、安静的心态面对一切。低谷后的再次崛起，让他的心性开始更加从容淡定，能客观看待自己的优点和缺点。在平静的影响下，他的生活变得与先前大为不同，人生也从此进入一个新的阶段。

这些变化，也让我感受到了，内心平静给生活及个人所带来的巨大能量。它像珍珠一样饱满、光洁而珍贵，散发出的光芒无以言表。

我曾经与万先生谈到内心平静的问题，问他："世人念及的平静，可能有人首先会想到死一般的寂静，毫无生机与活力。你怎么看待平静对你的生活及心性带来的影响？"

他说："所谓内心平静，并不是活在自己的世界，不与外界人事打交道，而是一个人在保持了心性的稳定后，能从容面对外界的复杂与忙碌、低谷与动荡，它是积极的、乐观的、匆忙但有序的。

"内心平静好像一个转动的圆规，以轴为中心，不停旋转，最终获得人生的圆满。我承受财富带来的压力的同时，也承受了它带给我的内心的膨胀，但瞬间失去它，并没让我失去对生活坚定的认知，内心反而更加平静，有了新的活力。"

他的话让我再次想到：平静的内心充满力量。我们内心深处若能保持平静，它确实能化解人生中很多重要的矛盾和问题，使你能坦然接受一切，如实面对当下。

在日常生活中，我们会发现，水从来都是悄声无息地流淌，穿过小溪，汇入大海，潮起的时候，它会一鼓作气，冲向天空，澎湃有力；从石缝中发芽的种子，最终能突破重重阻碍，辟出一条生路，你却丝毫不觉得它蛮横，反而能感受到它因安静生长而散发出的力量。

人何曾又不是如此呢？如果你也曾注意到，一个低调而安静的人，内心也多半是谦恭、心藏河海的人，能扛得住低谷，也能托得住顺境。人世的悲欣无常，在它面前，不过是一滴水洒入大海，悄无声息。

拿破仑·希尔认为，内心的平静对人整体的福祉是有益的，并且能拓展你的人生，让你的人生始终保持活力。他还固执地认为，自由需要内心的平静，内心的平静是基本的自由。

古人言，"每临大事有静气，不信今时无古贤""静能生慧""宁静致远"，似乎都能让我们感受到安静的力量与珍贵。保持内心的宁静，不仅仅是一种生活态度，也是一个人在面对种种变迁后心性的升华，更是一种难得的人生境界。

　　静观人生，以静制动，是积淀，是底气，是智慧，更是修行。它不以外界为转向，而以内心为导向，沉着应对生活中的万象，一步步抵达人世的真相。

你所喜欢的女子

我曾经问一位年长我几岁的女性，你喜欢什么样的女子？

她非常干脆地说，大气、优雅、心怀感恩的女子。

她又问我。

我说，我喜欢历经沧桑、内心平静的女子。

我们相视而笑。

她说，其实你说的这种女子，也是我所喜欢的。

所谓大气，应该是心性坦荡、豁达，没有是是非非、矫揉造作，更不会小肚鸡肠、斤斤计较。这样的女性能轻易原谅一个人，也能甘愿放下。她们可能张扬，也可能内敛，但她们的品性如同君子一样，处事磊落，有一颗聪慧洒脱之心，无论走到哪里，都能广受欢迎。

这种品性是骨子里与生俱来的，又或者是历经生活磨炼后，逐渐培养出来的。因为自然流露，来不得半点虚假，所以显得真实而可贵。

因为内心的开放与坦荡，与人交流时，她们的眼神中会散发睿智的光芒，拥有一种超凡脱俗的气质。这种气质，像夜色中静默开放的花朵，散发着阵阵幽香。她们即使身处人群中，也会因为出众的气质，轻易被人识别出来。

在待人接物方面，她们表现出来的秉性是温雅淡定、不急不躁、博达无私；能扛得住风雨，也能守得住彩虹；能做好自己的本分，默默耕耘，逐渐让自己活出风采，成为一道风景。

和大气的女人做朋友，你能感受到一股侠义之气，她们宁可人负己，也不会己负人。艰难的时候，当他人落井下石、奚落远离时，她会始终坚定地站在你身边。直到有一天，你开始步入正轨，进入一个新的人生阶段，她才会安心放手。

那一刻，她会对你微笑，为你骄傲，好像知道你迟早会成为那样的一个人。大气，不仅仅是一种姿态，更是一种人格魅力；不仅仅是一种修养，更是一种深度。

世间女子皆向往优雅。优雅，和外貌、身材、年龄、职业、身份、地位并无多大关联。它是根植于人内心和血液中的东西，是由内而外散发出来的。

公司曾经请过一个保洁阿姨，我每次在办公室见到她，她都是以笑容示人，服饰得体，言语轻缓。打扫卫生也是一丝不苟，处处干干净净。她的眼睛折射出来的光芒与世无争，不卑不亢，端庄大方。

她像一朵秋菊，时刻散发着幽香，对自己的美却不自知，拥有一种经过时光磨炼后沉淀的气质，具备直面生活的能力。

一个女子，想活得自由自在容易，要活得洒脱浪漫也不难，但要活得优雅，则需要一定的能量与境界。优雅，是一个气质、知性、生活态度与品格的混合体。

优雅是源自内心、由内而外地散发出来的。优雅的女子，她们从容而安静，娴雅而含蓄。她们也有可能会历经生活的困顿，但在她们的脸上，你很难感受到因悲伤与艰难留下的痕迹。她们具有一种看淡往事、云淡风轻的气度，能临危不乱，也能宠辱不惊。她们知道，昨日种种昨日忘，不如活在当下，做一个静默相待、性情安稳的人。

除了优雅，识大体也很重要。所谓识大体，就是要做一个高情商的明白人。识大体的女子，懂得隐忍的重要性；对于负面的东西，她们具有强大的化解能力；即便自己受到了伤害，也能给人以台阶下；即便缘分已尽，也会给彼此留一个出口；不会轻易与人撕破脸皮，具有自愈及疗愈他人的本事；她们该糊涂的时候糊涂，该聪慧的时候聪慧；不随便评价他人，不会让自己陷入毫无意义的是非旋涡中；她们做事的时候，能分得清轻重缓急，也能顾全大局，分寸拿捏得恰到好处。

识大体的女子，有一颗温柔、明净、自我反省之心。当一件事情和问题出现矛盾冲突时，她们首先想到的是自己的问题，而不是他人的过错。识大体，看似是在成全别人，实际上也是在借别人来修炼自己。它是一种心智上的成熟与人格上的升华。

因为识大体、顾大局，她们往往也是容易受委屈的人。好在她们本身就具备坚忍与豁达的气质，能够轻易切断一切多余的外界情感，让自己免受不必要的伤害。

所以，你在她们身上，更多能感受到一种植物般静默、蓬勃旺盛生长的力量。这是一股向上、积极、独立、不依附、能原谅和接纳一切的力量。

我所喜欢的女子，还有一颗懂得感恩的心。懂得感恩的女子，即使是微小的事，也能以感恩之心去善待。

心怀感恩，能让我们的路越走越宽，越走越远；能让善的种子，开出明媚之花。所以，我们要感恩那些滋养我们、给我们温暖和力量的人，也要感恩那些给予我们伤痛与幻灭的人。这两者缺一不可。

你没有想象中的那么重要

在武汉听一位香港作家的演讲时，有一名读者激动地说："您对我太重要了，我已经离不开您写的每一本书了……"

作家回答："我可能只是暂时被你需要而已，并没有你想象中的那么重要……其实，人的悟性与觉醒能力才是关键，而不是阅读和写作者本身。读者读到适合的书，从中感染到力量，获取营养，内心开始觉察，感知些许的成长，这些才是最重要的。"

这样的回答很直接，但足够清醒。

在现实生活中，很多时候我们总是以为自己很重要，可以对他人、世界产生非常有价值的影响。这只不过是一种错觉而已。

有些人很自恋，甚至有"凡事以我为中心"的设定，否则对方就是看轻、忽视自己。而那些智者、高僧大德，他们因为"无我"，所以从来都不觉得自己重要，他们像一抹彩虹，美好、无声地存在。

从小，我们就渴望被认可、被重视。上学的时候，成绩好的学生，经常被安排坐在前面；长大参加工作后，会因为级别不同，受到不一样的待遇。这样的心理也滋养了人的无明："我是公司的骨干，肩负着重大的责任，一旦离开，这个公司就会风雨飘摇；我是家里的顶梁柱，承担着家族的使命和众多亲人的期待，一旦倒下，整个家族就完了……"

然而，当我们在看清了一些人世真相后，就会发现，无论你曾经如何重要、如何被器重，一旦离开，世界和他人的生活依然运转有序。人只有在认清"我不是那么重要"之后，才可能做到对自己、对他人诚恳平和。否则，一副总以为自己最重要的姿态，时刻把"我"挂在嘴边，会让你显得狂妄和自负。

一个人思想的成熟，在于他能清楚地认知自己与他人、外界的关系，有所为，有所不为。很多时候，你只不过是暂时被需要，并没有想象中的那么重要。这些认识也能让我们及时地从某个位置和角色中抽离出来，成为一个普通而真实的人。

我曾经认识一位职业经理人，因为恃才傲物，面对工作、同事时，总是一副强硬、强势的态度，毫无谦虚和尊重。她总是觉得自己是团队中最重要的一分子，工作能力超强，所以看不上别人。唯我独尊这个词用在她身上一点都不过分。

直到有一天，她因生病需要长时间治疗，被迫停止工作。她是个工作狂，想带病工作。然而，她的上级领导却告诉她，公司已找到其他人接替她的位置。她出院后，会被调换到其他岗位。因为公司的业务需要，这个职位不能空着。

她说："那段时间是我情绪最低落、不稳定的时候，曾经以为自己是最重要的，没想到离开后，公司的业绩不但没有下滑，反而在稳步上升。"残酷的现实，比想象中还要决绝。

这件事提醒了她，自己往往没有想象中的那么重要，很多自己以为的东西，可能只是当时的一厢情愿。

无独有偶。前些天有人跟我说，总是有人向她咨询情感方面的问题，她不懂得如何拒绝，半夜三更依然会有一些消极、负面的问题，以语音、短信的形式抛给她。

她为了迎合这些陌生人，也为了寻找存在感，便硬着头皮去回答那些问题。事实上，她既不是情感专家，也不是心理咨询师。因为她的不懂拒绝，放大了自己在外界、他人心中的重要性，想以此来支撑自己的价值与存在感，最后把自己弄得疲惫不堪。后来，因为负面信息积累太多，她也成为了一个有问题的人，不得不去寻求心理医生的帮助。

心理医生告诉她："也许，别人需要的只是一个倾诉、说话的对象，并非认为你能帮助他们解决当下的问题。其实，你没有想象中的那么重要，不如放下一切，坦然地活着。这样才不会让自己活得那么累。要知道，每个人的人生都需要自己去担当、托举，你不过是他人眼前的一盏路灯，只能给予一点光亮，最终解决问题的，还是他们。"

在我们的人生道路上，我们唯一可以做的事，就是以自己微小的力量去做当下最重要的事，然后与他人分享。若能对他人产生一些好的影响，也只能是彼此之间因缘知遇的幸运。

天分是老天给的，应该保持谦虚；赞誉是别人给的，应该表示感谢；骄傲是自己生起的，应该时时警惕；将学习视为乐趣，追求卓越，努力向前；不要太在意外界的赞美，也不要沉迷于自以为是的重要，寻找所谓的存在感。这样的情绪若得不到控制，很容易让自己狼狈不堪。

对于我来说，我需要的是私人空间，能够自我成长，也能与人分享，挑战自己的极限。无论对于写作者，还是其他身份，我所能做到的是完善、突破自己，至于在他人心中的位置，不过是一盏需要时点亮的灯，不需要时，选择隐身，或者自动离开。

我从来都不认为自己最重要，是因为我想让人性中最耀眼、也极其容易被忽略的品性得到最大限度的挖掘与释放，比如成长、觉察和自我探索。

在这个庞大的星球上，生命似轻尘，万事如烟云。我们的存活与行走，如同一只蚂蚁般渺小。所有当下你以为最重要的，也不过只是恒河中的一粒沙。落花流水，春去秋来，一切都如同潮汐和月亮，有它自己的规律。

人的孰重孰轻、贵贱与否，亦是如此。它的标准很多时候并非以他人、外界的潮流为导向。当你的心客观而真实地感知一些人世真相后，以谦恭、平和、达观、淡泊、认真、诚恳的态度对待当下的人、事、物，或许会多一份清醒与理智。

默默做自己，找准自己的坐标，保有敬畏之心，平实地活着，是智慧，也是人之本分。

你看也好，不看也好，我就是要开花

万物生长，有一定的规律。茉莉花、杜鹃花、格桑花，它们都是一种存在，都是美的。唯一不同的是，它们各有各的花期，各自在属于自己的角落定期绽放，到期凋萎。不管处于何种地理位置，也不管风吹日晒，它们始终安静，兀自按照自己的规律生长。它们不会在意外界的因素，更没有自卑感或者优越感。

人也应该如此。我们应该在不违背自然规律的前提下，学会自我绽放，创造属于自己的生活。不必拿自己和外界去比较，也不必因为外界的声音和关注，失去信念和希望。

前段时间，有人跟我说，看到有的人写文章，引来很多人关注，自己写的文章无人问津，也没有人喜欢，觉得没信心，都不想写了。我想，可能她是因为外界的比较而使内心产生了波动。

于我而言，书写只是通向疗愈的彼岸，关注、阅读量多少，并不在我的考虑范围内。所以，我不会有任何的情绪波动，每天的工作就是固定完成一定的写作量，然后再忙其他的事情，内心丰盈而愉悦。

人和人之间，没有任何可比性，因为每一个人都是独一无二的。对于外界的声音，我们可以做到有则改之、无则加勉，在不迷失自我的前提下日益精进。当我们有了足够的自我认知能力，就可以成为一个与众不同的人。

如果说人生就是一场修行，那么，你所有的悲欢离合、得失荣辱，与是否比他人优秀无关。在能力范围内做到最好，提升自己，帮助他人，这些才是我们需要考虑的。至于外界我们无法控制的东西，只需以坦然的心态去面对。

每个人都有弱点和强项，有的人之所以比你优秀，是因为他的努力和勇敢，心中有着永不放弃的信念。当然，还有一种可能，他生来就比你有优势。如同有句话所说的：条条大路通罗马，有人生在罗马。

人的痛苦，一方面来自欲望，另一方面来自比较。所以，不要拿自己和他人去比较，你只需要和自己比较，今天是否比昨天进步了，哪怕进步一点点也是好的。你还可以把他人作为自己努力的目标，不断精进自己，获得更好的成长。这样，你的日子才有盼头，才会产生源源不断的力量，才不会因为外界的关注与比较而放弃信念与希望。

每个人的生命都隐藏着短期内无法被激活的能量，这种能量会在因缘成熟的时候得到显现。

一个人要想在某一方面有所收获，必须先播下一定数量的种子。播下的种子，并不是每一颗都能生根、发芽，但你要时刻守住自己的本分，在自己的一亩三分地里辛勤耕耘，默默付出，然后等待收获。

你想要简单，世界就可以变得简单；你想要复杂，世界同样可以变得复杂。比如，一旦有了比较，就会产生嫉妒、不平衡、自卑或者优越感……内心里的种种变化，会动摇你的信念，让你在比较中心态失衡，产生痛苦、失落和绝望。

在生活中，你会发现一种非常奇怪的现象，就是很多人的价值观、人生观、世界观、审美观，都是非常相似的。他们生活在比较中，好像自己的人生是要过给他人看一样。

记得有一位阿姨，她的儿子童年非常淘气。她批评孩子的时候，时不时就说："你看谁谁家孩子如何如何……"

"你那么喜欢人家的孩子，干脆让他做你儿子好了。"儿子总会揶揄她。

阿姨生来个性好强，自己读书少，就把希望都寄托在儿子身上，生怕被人瞧不起。直到有一天，儿子考上了大学，她才感觉有了一点满足感。记忆中，我很少看她笑，好像她是活得最不开心的那个人。

后来，我长大了，才逐渐理解她的焦虑不安。她非常希望自己的儿子出人头地，这本身不是什么错。错的是，她一生都活在比较的阴影下，直到如今都是这样。小区某个老太太买了个白金手链，她也希望能有，却不在意是否适合自己。

遗憾的是，儿子也延续了母亲的命运。他一方面按照母亲期待的生活去努力，另一方面以超越自身能力的方式去奋斗，凡事不甘落于人后。然而，他并不是按照自己的步伐，而是按照世俗的眼光来安排自己的生活。

每次见到他，他总是说压力大、工作忙，希望年老后回家乡生活。要知道，他还非常年轻，人生才刚刚起步。

我一直都觉得，生活不怕变故，也不怕大器晚成，怕就怕把自己放在一个并不对等的环境中去比较。这种比较，多半是对自身缺乏了解。

日本作家渡边和子在谈到生而为人的意义时，她提出一个观点："人只要想接近真实的自我，不要想着要比别人优秀……活出自身能力内的精彩，才是最重要的事。你看也好，不看也好，我就是要开花。"最后一句很有力量。一个不为外界的声音左右的人，活在自我努力的姿态中，终究是笃定、自在的。

"活出自我"应该是大多数人内心的渴望，遗憾的是，大多数人会因为外界的比较，让自己迷失、盲从，最终在束缚、忽视内心的声音、缺乏内在成长的状态下，过完自己的一生，就好像活着，只是为了给他人看一样。

生活，很多时候就是自己和自己的较量，我们需要他人作为一面镜子，矫正我们自身的缺点与不足，但绝不是让我们在不断的比较中，失去"我就是我"的本真存在。

你要相信，自己来到这个世界上，一定有某种独特的使命。那么，你就尽其所能地发挥光和热，完成属于自己的绽放，不敷衍、不潦草地过好一生。

你我都要清楚："他不是我，我无法成为他，也没必要成为他，我是作为我来到这个世界的。"

这个世界，没有岁月可回头

那年的中秋节，我的人生因为生死无常，遭遇了突如其来的变故。绝望与悲痛，只有心知道。我足足两天没进一粒米、一滴水。傍晚时分，母亲陪我去洗手间。我下意识开门说了第一句话："妈妈，我以后怎么办啊？"

"不要想太多，该怎么过就怎么过。越经历大悲苦，越要好好过。人自助，天必助。"母亲的声音非常干脆直接。我知道她心疼我，但更希望我能坚强、快乐地生活。但我明白，那一刻，她的内心也是恐慌的，只是故作坚强地安慰我。

以我对母亲的了解，她在年轻时也有着强烈的不安全感。这种不安全感，让她日后成了一个务实生活的人："一棵草总有一滴露水养活。人应该更踏实地活在当下，不要朝三暮四，也不要好高骛远，妄想一夜暴富、一夜成名。"

在她看来，一个人只有具备解决当下的问题的能力，才能扛举未来的种种生活。

如今，她已年过六旬，身材开始发福，面孔亦已老去。但她始终豁达坚忍，不喜欢麻烦和亏欠别人，心里总是想着子女和他人……即便外界动荡，她也始终心性笃定，独自担当。

这样的坚忍和勇气，让她的人生在起伏与坎坷中得到了几番洗礼，终于在年老之时得到了世间福报。

她的这些特质影响了我日后的状态，也使我深刻体会到："一个人若没能翻过山谷，越过沟壑，跨过崎岖，又如何能见到壮丽的风景呢？就好像一个人，如果不曾深知人世冷暖、起落跌宕，又如何能理解他人的不易，体察人性、领悟人生呢？"

所有走过的路，考验的是心境。当一个问题和事情在当下无法得到解决的时候，就先放一放，不再去想它。有些事，需要时间去解决。用心灵成长大师埃克哈特·托利的话来说就是："当下这一刻，当时间缺席时，你所有的问题都会消失。"

只有这样，你才可能不会因为某件事、某个人，影响自己的情绪与心情，变得坐立难安。

人生，犹如在刀锋上生活。一个人只有专注于当下，才可能沉着有力地前行，不会为过去的人、事痛苦，更不会为以后的事情烦恼。

我们的专注，可体现在做一顿饭时，不要想着去打电话；打电话时，不要想着明天的旅行；旅行时，不要惦念工作。运动员在参加体操比赛时，首先想的应该是如何把每一个动作按标准完成，而不是冠军和名利，因为他唯有专注，才能娴熟完成动作，让自己不受伤。诸如此类，都是活在当下、训练心性的最好机缘与状态。

似乎只有如此，我们才有可能不会顾此失彼，永远处于匀速进步的状态。若人的一生，总是在各种虚妄和遥不可及的企图中度过，看似忙碌，一刻也难得空闲，到最后却总是一场空，毫无所得。

当你专注当下时，你才可能真正理解这句话："美丽的花儿不会为明天担忧，它们安逸地生活在当下。上帝赐予了它们丰富的供养。"

我所活着的当下，就是做好自己分内的事，保持内心的专注，无力解决的事情就交给时间。不会想太多，不会为昨天的难过而沮丧，也不会为明天的欢愉而欣喜。

人、事的珍惜仅限于当下那一刻，就像月光不会急于在白昼升起，所有的发生亦仅仅只限于当下。时光漫长，不徐不疾，唯独当下最永恒、最珍贵。所以，将自己从时间中抽离出来，觉察自己，才能把握、开拓新的未来。

有人可能会说，一个人应该总要未雨绸缪，为明天考虑。但我想，那些只是执着的表象，它的实质是由你的压力和忧虑本性所造成的。一个人一旦对自己的身、心、念有了觉察，就会在那一刻真实地做回自己。

投入一件事，照顾一个人，听一首曲，找个人说话，给对方一个拥抱和微笑……这些都是活在当下的有效方式。如此，你的心才不会散乱，不会杞人忧天，也不会为往事而耿耿于怀。

人之所以度日如年，是因为他没有活在当下，不愿意了解和感知所有的转变。一个人如果老想着过去和未来，那么他显然无法活在当下。就好像有的人，他无法体会当下的快乐，却总想着将来要幸福。岂不荒诞虚妄？

《金刚经》里说："过去心不可得，现在心不可得，未来心不可得。"简而言之，就是不纠结过去、不执着现在、不担忧未来。人在当下所拥有的一切最为真切，你的生命亦只属于当下这一刻，因为你永远都不知道明天会发生什么。

所以，我们又会发现，智者对活在当下的理解充满洞察与正见："活在当下是一个人生命力的自然展现。当一个人能从束缚的'心之世界'中走出来，不忧不惧地激发内在成长，他一定会是个有'能力'而能造福世界的人。"

他不一定能成大功、立大业，但他一定能得体地把自己的潜力发挥出来，惠及自己及他人，这或许也是儒家谈到的"唯至诚者能尽其性"了。人能够"尽其性"，发挥自己的能力造福众生，才是个快乐的人。

而我一直都认为，一个活在当下的人，他可能不会刻意注重某个目标或者荣誉，极力寻找某种幸福或成就感，但他绝对是一个能有效利用时间，专注、沉静做事的人。

一个活在当下的人，他会专注于当下，保持正念地活着，心有善念，并时刻保持觉察、自省的能力。我一直警醒自己，要成为那个在当下的刀锋上走路的人。这个世间没有岁月可回头，也没有逆境难以跨过。心藏大海的美好与胸怀，过好每一天，岁月会为你带来柔和、包容、隐忍。这是对心灵成长的最佳馈赠。

真正的体面，是对世事的敬重

我们总会听到人说，某某某是一个做事、说话、生活都很体面的人。这里说的体面，无关金钱多少、身份如何、地位怎样，它更多的是一个人在面对外界时，传递出的一种有温度、善意、妥帖的举止风度。

在我看来，体面，首先是体，然后才是面。体包含得体、体悟、体谅的意思，能站在对方的角度，去体会、谅解他人的感受。它在某种程度上对礼节、高雅、严肃性都有一定的要求与标准。只是，我们在经历了飞速的经济发展后，物质已经基本得到满足，也开始注重个人尊严，却依旧无法明了体面的意义，懂得尊重生活本身。

我们兴致勃勃，不断通过外在填充内心对体面生活的渴望，以为财富足够、地位显赫，才是真正的体面。最后才发现，看似所谓的体面，终究只是停留在表象的"面"上，无法深入到"体"的层面。

比如，医生算是体面的职业，只是有的医生面对病人时，大呼小叫，缺乏基本的耐心，甚至毫无尊重可言；在公路上，某人开着一辆豪华的汽车，物质带来的体面感，不言而喻。只是为了赶时间，他投机取巧，有缝就钻，有空就挤，甚至肆无忌惮地占用应急车道，无视交通规则；一个穿着时髦、外表光鲜的人，在面对一件极小的误会时，面部扭曲，青筋暴起，破口大骂，原本修饰好的容颜，在那一刻因为不得体的行为显得无比狰狞。

所有不体面的行为，大抵多是来自内心的骄傲、无礼、自满、不自知。而真正懂得如何体面生活的人，他们的内心多是谦卑、恭顺的，有一颗自律、同理的心。

有一年年底，我拿着一堆稿件去找一个老编辑校对。老太太六十多岁，思维敏捷，气质出众，谈吐优雅，一身碎花长裙，头发用簪子挽了起来，显得一丝不苟。家中的陈设非常少，除了书籍很多，其他都很简洁。尽管女儿有足够的条件与她一起生活，但她依旧保持人格与经济上的独立。

家中有一位年轻的阿姨与她为伴。我看她对老人敬重有礼、处处体贴、照顾有加，老太太待她也像亲人一样，言语温善，平等随和。其中一个小细节让我印象深刻。快过节的时候，为了让阿姨和家人一起多住几天，老太太让她提前回家，并给她发了双倍工资。临走时，我陪老太太去超市，给阿姨买了一些食物和玩具，作为回家的礼物。

当天下午，阿姨要赶晚上七点的火车，老人需要自己解决晚餐。我临走时对她说："您做事真够体面的，总是考虑得那么周到细致，不是所有的人都会这样细心为他人考虑的。"

"啥体面不体面的。我就是觉得，做人要尽可能多站在别人的角度考虑。心向善，终究不会有错。"老人寥寥数语，笑得像孩子一样天真，眼神透露出清澈和明亮。

老人一生亦曾历经曲折与艰难。有一次，我和她的女儿V一起吃饭。谈及自己的母亲，她说了很长一段话。

我最欣赏母亲的一点，就是懂得尊重生活、体面度日。年轻时，因为父母之间两地分居，沟通甚少，后来产生隔膜。父亲主动提出离婚，母亲也深知彼此之间爱意削减，没有任何挽留与死缠不放，非常干脆地同意了父亲的决定。

离婚前一天晚上，母亲清理衣柜，发现一个女人写给父亲的情书，来自他的同事。她多少也明白了一些离婚的真相。但母亲终究是大家闺秀，颇有几分打掉牙和血吞的意味，没闹没吵也没过问，只是对父亲说，以后与新人一起生活，要改改自己的脾气，多为对方着想，否则换了环境……我不想你再受到挫败。

母亲带着我和弟弟生活，也有很艰难的时候，她遭遇失业、变卖家产，经历了大概5年时间的动荡，才勉强安定下来，但母亲始终不卑不亢、不焦不躁地生活。也许，她早已培养了一种能体面善待低谷生活的能力。

再后来，母亲被高校返聘。不久前，父亲离世，继母的女儿来北京读书，她不计前嫌，帮忙找了最好的学校。

我甚至都觉得母亲做得太多，无私到博大，但母亲的为人，就是为人处事尽可能的大度、体面。她觉得现在生活足够安逸，即便父亲年轻时对她有过伤害，但毕竟曾经爱慕、善待过。原谅他人，也是放过自己，何况有缘做过亲人。

我说："你的母亲确实是一个懂得尊重、体谅他人生活的人。一次，我陪同她去超市买水果和蔬菜，在路上遇见一个流浪者乞讨，老太太没做任何考虑，从口袋里掏出钱，弯腰俯身，轻声放到了盆里，然后微笑示意对方。一系列的动作，是那样的谦逊、柔和，毫无骄傲与高姿态。"

她微微一笑，说："母亲现在老了，我也人近中年，经历了一些人、事。年轻时，我总是以为可以用物质、财富、身份去支撑所谓的体面生活，获得他人的尊重与服从。到后来才发现，真正的体面是骨子里的对外界的敬重、宽厚、同理之心，还有精神上的丰盈，能体谅他人，甘于付出。比如我的母亲，一世得体，自然就体面。"

言谈中，我能感受到V对母亲的崇敬，以及母亲骨子里高雅的性情，带给她潜移默化的影响。

V的母亲如今依旧平凡度日，每天的工作、生活安排得井然有序，练就了一颗老僧入定般的心。她年轻离异，独自抚养儿女成才，在俗世中拥有了丰盈的内心。要求自己体面，也善待他人，因此她完全有理由得到他人的尊敬，享有福报。

老人待人接物，从来都是不卑不亢、谦恭有礼、大方得体，这种骨子里渗透出的体面，像一朵菊花散发的馨香，清新淡雅，却沁人心脾。

纠结和焦虑，是认清自我的好时机

YQ想买相机，用来记录生活，也顺便培养爱好，说不定以后可以用它来谋生。但她纠结于价格太高，觉得没有必要买那么贵重的东西；她还担心自己只是心血来潮，买来玩几天就闲置了，这未免有点奢侈和浪费。她考虑了整整三周，还是无法决定是否购买。

我在做决定的时候，永远都只有两种选择：做，承担相应的后果；不做，也要甘愿曾经的选择。人很多时候内心过于拧巴，就会难以平心静气，无法做出正确的判断。

其实，一个人矛盾、纠结时，恰恰是认清自我的最好时机。

比如从YQ的情况中可以看出，她的主要问题在于"纠结价格太高"。试想，一个人若不担心日后没有挣钱的能力，价格应该不是最主要的考虑因素。任何物品，永远没有贵不贵，只有值不值。至于担心心血来潮，说明她对于是否购买相机，内心还不是很确定。

若是我的话，我会暂时不购买，因为我不希望自己在纠结买不买时做任何决定。这个时候，大脑基本处于模糊的状态，不适合做决定。

　　一个人活得很纠结，简单点说，就是不清楚自己想要什么。比如，你买相机仅仅只是出于兴趣，想用它培养新的技能，还只是应付一时的需求？

　　在日常生活中，倘若一个人能认清自己的需求，他的内心一定是平静而安定的，做决定的时候，亦一定是清醒而果敢的。反之，若无法认清自己，就总会质疑自己的选择，始终处于焦虑和纠结的状态，像热锅上的蚂蚁，爬来爬去，却找不到出口。

　　MR总是怀疑对画家这个职业的选择，认为自己走了一条艰难的路。而且，他总是左顾右盼，喜欢将自己拿去与他人比较。人一旦有了比较，就会有落差，产生焦虑，导致情绪低落。这种状况，直接影响了他画画的动机和状态。

　　比如，他会说："我觉得自己想达到一个高度很难，但又希望能在画画上有新的尝试与突破。某某某的画真是好。"

　　有时候，他又说："我的主业是运营好自己的艺术馆……"

　　从这些言语中，我能感受到MR内心的焦虑与不安。其实，与其将时间用来纠结一件事情，不如好好利用起来，埋头练习，或许会有突破的可能。

　　这个时候，他需要清楚的是，自己到底想要什么样的生活？什么才是自己所擅长的？也就是说，要明白自己的强项和局限。如果你的强项是经营，那么把绘画当作一个爱好，用来调剂下生活就好。它只是你生活中的一个业余爱好，或者一个可以加分的技能，而非全部。如此一想，就不会有那么多烦恼和纠结了。

人活得拧巴，往往是不知道自己想要什么，或者明确自己想要什么，却又被欲望驱使，什么都想干好，却不愿意承认自己的局限。这样过日子，生活不焦虑才怪。

世间的诱惑层出不穷，而我们又是那么不会控制自己的欲望，似乎生活是过给别人看的一样。这些盲从、不自知的情绪，干扰了我们做事的态度，最终导致自己疲惫不堪。

一个人只有清楚自己真正想要的是什么，才可能做到从容、淡定，才可能在事态发展过程中，无论好坏都能平静接纳，也不会无端与他人去比较。在好的状态中，做适合自己、内心喜欢的事情，安守恰当的位置，才是我们真正需要的生活。

所以，无论在何种阶段，你应该明确自己的价值观、信念和态度。有人可能会说，我年龄还小，无法有效地判断一件事情。但是，当你有了困扰与焦虑时，应该学会自我分析，在内心深处拷问自己，是真正需要，还仅仅只是出于想要而滋生的欲望。所有的事情，都会因为动机不同而产生不同的结果。

生活是一场直播，也是自我认清与调整的过程。在这样的过程中，你需要为一些决定和选择承担后果。幸福还是沮丧，完全取决于你对待当下的态度。

倘若你决定做某件事情，是你所喜欢且甘愿的，那么，果断选择后，就不要再质疑，只管埋头付出，然后耐心等待收获。

不是所有的人都可以在一件事情上找到乐趣，也不是所有的人都清楚日常生活中，什么是自己的必需品，什么不是，所以才会繁衍出种种焦虑与纠结。

用心体会你当下的每一个生活状态，真诚善待每一个人，是认清自己的成长之路。每个人都是独立的个体，有个性，也有弱点；有局限，也有强项。在此期间，做到对外界一切人、事、物取舍恰当，平静而为，少点功利心，就能从平静中得到自由的力量。

所谓优雅，就是自制

谈到自制的时候，我们首先会想到，它是一个心理较量的过程。内心里有两个强烈的声音在斗争，一个"要"你这样，另一个让你"不要"这样。

就拿起床这件事来说。8点上班，你7点还在贪恋被窝的温暖舒适，一直拖到7点30分才起床。这时，你发现时间不够用，草草刷牙、洗脸、化妆、搭配服饰就出门了。你在路边摊买了早点，一边匆匆赶路，一边吃早餐。整个早上，心里只想着千万别迟到，内心焦躁，完全顾不上形象和外界的反应。

另一个版本。因为懂得自制，你没有赖床，6点半就起床了，不慌不忙，先将家里收拾妥帖，洗漱完毕后，从容地吃完自己做的早餐，然后出门去上班，脚步轻盈自然。

由此可见，生活会因为自制而变得从容，也更有品质。然而，在现实生活中，要做到自制并不容易。

比如情感，彼此可能只是因为工作而知遇，甚至连对方的爱好、习性、品格、背景都不够了解，就迫切地表达："此生非你不娶（嫁）""你就是我命中注定的那个人""我们这辈子都要在一起"……

总之，话怎么甜就怎么说，毫不吝啬，完全不加节制。过了一段时间后，一切都发生了变化，他们开始为一些鸡毛蒜皮的小事争吵，甚至拉黑、玩消失，最终成为陌生人。好好的一份感情，像一份残羹冷炙，让人毫无兴趣。

再比如，有读者看作者的文字，只看了一篇或两篇文章，恐怕只是出于好奇，抑或是其他原因，就开始向对方各种示好："你的文字是我见过最好的""你是我唯一愿意主动交流的作者""你的文字给了我很大力量"……

这些表达，用词极致，话说得十分满，不留余地。而一个真正的写作者，他知道自己的局限和短时间无法逾越的屏障。对于这样的表达，他总是心生克制，保持谦逊与清醒。

最终，结果也验证了这一点。这位读者再看几篇文章，就开始抵触作者的观点，越读越觉得不对味。你都很难相信，一个人的变化可以如此之快。但事后一想，大抵是一个人不懂得如何自控，习惯了热烈、急迫、夸张的表达方式，所以热得快，冷得也快。你也能想象，他在对待其他人时，可能也会这样心急火燎、毫不克制地表达自我的感受。

所谓优雅，就是自制。而有的人，看了一个作者很多本书，喜欢他的文字，甚至喜欢他的品性，但即便有机会面谈，也不会浓烈地表达自己。他深知，一个作者和读者的缘分难得，值得长久珍重，需要给予彼此距离，内心也就有了节制与隐忍，不会完全释放自己。这对双方来说，都是一件幸事。

在生活中，释放很容易，但克制似乎很难。因为人有惰性，遗忘的速度总是很快，为自己寻找理由和借口的本领也很高。如此，我们也就会发现，很多时候人的狼狈不堪、歇斯底里，都是因为不懂自制而造成的。

按照心理学的观点，一个自制能力强的人，对个人行为乃至人生都有积极的影响。小到起床不需要催促，大到面对困难积极解决、挺过低潮与坎坷。

一个懂得自制的人，能将一切安排得井然有序，即便有动荡，也能坦然处之。他不会在成年后，依然如同孩子般由着性子行事，只图一时痛快。得意时，一片阳光灿烂，你好，我好，彼此都好；失意时，各种怨恨，内心充满负能量。

一个无法自我管理和控制的人，他在面对外面的诱惑、压力、阻碍时，又如何能做到有的放矢？而一个盲从、随心所欲、无法约束自己的人，当一切处于失控状态的时候，他又如何能做到优雅、从容与淡定呢？

自制后的优雅，还体现在面对愤怒、绝望、苦楚、误解、责骂时，不会怨天尤人，更不会攻击他人。因为，一切出现都有它的意义，与其让彼此都难堪，不如顺其自然。

优雅，需要超强的自控能力。而实现自控的最佳方式，就是养成好的习惯并坚持。

我曾经见过一个在建筑行业德高望重的尊者，年近70岁，依然保持着健美的身材。他每天坚持锻炼，从不给自己找借口。

他面对外界的时候，总是那么神采奕奕。在我看来，他是一个有着超强自制力的人。他说："人最终活的只是自己，只有在规律和自控中，才可能活出精彩的人生。"

握在手里的风筝，一旦线轴被扯断，它就会在天空四处乱飞，没了方向；一艘没了船舵的船，就会撞上暗礁，无法乘风破浪，抵达彼岸；一辆失去控制的汽车，也会乱冲乱撞，导致事故。同样的道理，人的情感和对外界的表达，都需要通过对内心的把控与掌握。就如同一个懂得自制的人，会留有余地地传递自我；而一个保持优雅、从容的人，则在任何时候都能做到谦恭处世，温润如玉。

不管遇到什么，请心存善意

"你遇到的每个人都经历着你所不知道的战斗。请心存善意，直到永远。"这是挪威电视剧《羞耻》里的一句台词。

"要慈悲，因为你不知道你所遇见的人正在经历什么。"这是一位年轻人说的话，他美好、干净、低调，喜欢写一些平静、充满智慧的文字。看到这句话，我的心被触动，也就记下了它。

曾经很长一段时间，有一个朋友无法消除内心因无常带来的痛苦。但是外面依旧有很多声音，他们有的通过电话，有的以见面的形式，各种询问、打探。然而，当一个人在经历某种巨大的打击时，他基本上是不愿意被打扰的，不知道该对外界说些什么，也不奢求得到某种安慰或者激励。

但事实上，很多时候我们因为缺乏智慧和慈悲心，很容易对那些正在经历人世之苦的人再次造成伤害。

所以，对那些经历苦痛的人，我们最好保持沉默，不要打探，也不要追问。一个人的内心、历史是一种隐私，没有必要向人袒露，除非亲历者本人愿意分享。

即便关系再亲密，你能做的，不过是当一名好观众，在背后为他鼓掌，给予对方足够的理解与善意。

　　他是一位医生，刚刚从手术室走出来，就被病人家属围困，询问各种问题，担心而急迫。他要赶时间，为下一场手术做准备工作，有个问题就回复得有些简单，推荐病人家属去找复查医生仔细询问。

　　也就是在那一刻，家属开始不耐烦，一定要医生给出明确答复："我妻子的病，是不是没有挽救的余地？"

　　"这种病例国内很少见，目前来说，被挽救的可能性是20％。我建议你们转院，努力配合治疗。"医生或许是因为手术疲累，声音沙哑，情绪低落。这时，病人家属就开始激动起来，对他进行盘问，甚至大声呵斥："什么医生，这么没耐心！"

　　他人不知道的是，在前一天晚上，医生唯一的儿子，被确诊患有先天性心脏病。等孩子到了一定的年龄，才能做心脏搭桥手术。这种手术价格不菲，还只能去国外做。在此之前，他的儿子需要承受病痛带来的折磨。

　　医生的妻子为了更好地照顾儿子，辞掉高薪工作，放下身段，暂时成为了全职太太。这一切突如其来的打击，就像一场生活中的战争，需要他严阵以待，丝毫不可松懈。这是一位父亲在未来漫长的时日中需要承担的责任。

　　他依旧每天照常上下班，以职业精神对待每一位病人。但几乎没有人知道，他的家庭正在经历着怎样的动荡与煎熬。他将这一切安放于内心，永远心怀爱心与善意。而那个曾经对他攻击的病人家属，当他知道这一切时，不知是否会为曾经的莽撞与激动深感歉意。

他是一位艺人。他的父亲希望他成年后，从事安稳、体面的职业。但他从小叛逆，充满了文艺细胞。21岁那年，他考上了中央戏剧学院，后来成为了一名艺人。

他与父亲的关系密切深厚，有着无以言表的爱。在他31岁那一年，父亲离世。当时，他正在排练一场重要的演出，只好向剧组请假后回家处理后事。第五天，他回到剧组，生活一如往昔，继续和其他人一起彩排。

若干年后，我们在一次采访现场提及此事。他说："那场事故，让我感受到了剧组导演内心的善意。他只问我扛不扛得住，然后待我如平常。并没有过多地询问，也没有客套地安慰。这件事，也在我的内心种下了慈悲的种子。"

"你怎么理解慈悲？"此时，我对慈悲的理解仅限于表象。

"不要把自己的不快带给身边的人；也不要企图为了满足自己的需求，而让他人受苦；不要有分别心。"

那一年，他33岁，还没有组建自己的家庭。现在，十年过去，他从一名艺人转身，成为了教育行业的投资人，母亲健康，妻子娴淑，儿女双全。

如今，再问他关于慈悲的看法。他说："慈悲就是善良、内心柔软、心如皎月、天地无私。"

"我们对神明的无知，遮蔽了慈悲的本性；我们对因果的无知，阻碍了智慧的光芒……世间之业是我们觉醒的资粮，愿我们对得起自己所受之苦难……我只担心一件事，我怕我配不上自己所受的苦难。"这是一个朋友理解的慈悲。

现实生活中的慈悲，不过是需要我们以同理之心，对他人报以最大限度的善意。人与人之间的距离和误会，往往来自心灵深处的隔膜，不懂得如何善待每一位所知遇的人。很多时候，我们因为缺乏智慧，不懂得抑制私欲，所以才会有伤害和冲突。

真正的慈悲，是你与众生有着深刻的联系，来自于心灵深处的触动与觉知；真正的慈悲，不是怜悯，也不是同情；而是你有明净、通透的心，将它转化为善意与力量，传递给正在历经切肤之痛或者正在享受人世之喜乐的人。

训练慈悲心，是我们在觉醒的过程中最根本的修持法门。

第三章

内心富足，默默无闻又怎样

值得珍藏一生的礼物

我跟随家人出席一家企业的年会，那是我第一次见到她。她身材娇小，笑容矜持，隐藏着一股不容侵略的美。彼时的她，刚怀有身孕，一身红白相间的长袍，穿着黑色的平底鞋，妆容素雅，头发盘起。整个人如同她的名字一样，散发出舒雅、安静的气息。

她当时是S城一家知名企业的董事长助理，我们之前有过几次见面，但由于我的寡言，没有和她有过深切交谈。记得那天晚上，我和她，还有凤凰卫视的H，在后台找了一个安静的空地，留下一张合影。我的家人帮忙拍摄的照片。之后，我们告别。

临走时，我小心翼翼地抚摸了她的肚子，很是好奇，真心替她感到高兴。她和我拥抱，并把我们送到了电梯口。

那是我们少有的交谈，有几分拘谨和清淡，但印象深刻。那年，是二〇〇四年的圣诞节。此后，我们再无交集。

第二次见面，是在为家人举办的追忆会及新书活动。我准备收拾东西回家时，她匆匆赶到现场，不停地跟我说："抱歉，因为有事耽误了，来晚了。"

我说：“没关系，谢谢你还能有心来现场。”我送了一本书给她。她让我在上面签上自己的名字，并嘱咐我：“你还年轻，未来还很长，一定要多保重。”她的眼睛变得湿润，并拥抱我。

我无言以对，点头微笑。

我送她到电梯口，她挥手、微笑，脸上露出小小的酒窝，身为人母的她，已经有了母性的神韵与光辉，整个人看上去有一种恬淡、素雅的美，气质不减当年。我向她鞠躬、道别，看着电梯门关闭，然后独自离开。

这是我们的第二次见面，相隔近两年，在二〇〇六年的元旦，匆忙但不失温情。

只是造化弄人，我的家人，那个俊朗、无私、被很多人所爱的男子已离开人间。彼时，我的世界，早已物是人非。

一个多月后的傍晚，我和母亲在楼下散步，她给我打电话，说提前回老家过春节，托人送个礼物给我，需要我亲自签收。记得那个下午艳阳高照，为了不让自己的面色因疲累显得憔悴，我特意化了淡妆，站在人来车往的楼下等候。

那时候，我看外界一切了无生机，也没有太多想说的话，整个人还沉浸在悲痛与绝望中。人时常精神恍惚，眼泪止不住地流。偶尔和朋友见面，虽然能让我感到一丝温暖，只是内心再难有大的波动。

我不曾料想，在这个人情漠然的时候，还有一个平时甚少见面和交流的人，始终惦念着我，愿意赠送一份礼物给我。

大概不到半个小时，一位中年男子与我见面，是他的先生，高大俊朗，有着梅州人的温善与礼貌。他非常客气，将一个礼盒送到了我的手里，并嘱咐我多保重。我们并没有太多的交流，我对他说，谢谢。他微笑，转身告别。

礼物用褐红色的纸盒包着，上面交织着几根淡紫色飘带。回到家，我小心翼翼地拆开它。是一个用暗红色的实木做成的相框，有一种庄严和简约的厚实感，里面是一张照片。他怀抱着她刚刚出生不久的儿子，是在周岁宴上拍下的照片。

我以前对她的印象是温雅、礼貌，喜欢拍照，没想到她还这么细心，拍下了一张含蓄而美好的照片。他是一个没有做过父亲的男子，双手怀抱刚刚出生不久的男婴，姿势多少有些笨拙、僵硬，略带羞涩，但不失美好。

他浓眉大眼，眼神和善，神态儒雅，穿透出清亮而明净的赤诚。刚出生的婴儿，手里拿着他给的红包，额头饱满，眼睛水亮，肉嘟嘟的小脸，是那么的可爱。

如今，她的孩子逐渐长大，而怀抱他的成年人，已无法看到这一切。我对着那张照片微微发笑，泪眼一片模糊。

那个傍晚，阳光透过玻璃穿透整个房间，静谧、安详，我独自坐在客厅的沙发上，四周寂静无声，时间仿佛被凝固，记忆成为了一条川流不息的河流，它拉扯着你追忆所有温馨、愉悦的时光。那是我人生中曾经有过的安好及平静，只是最终它消失了，成为了内心里的黑洞。

若干年后，当内心通过书写获得疗愈，我越发肯定，对于活着的人来说，一切看似消失，实则永恒。在人世虚空面前，影像和记忆，能瞬间唤起过往点滴，注定此生将会有诸多难以磨灭的经历与体验。

而她与我只有几面之缘，却能如此细心。从礼物中，我看到了一个女性细腻、洒脱而悲悯的情怀，那是对一个离世后的生命给予的尊重与纪念。她并不介意和忌讳些什么，愿意将这张合影冲洗出来，用相框精心装裱后，送给了我。

那时，我还没有孩子。我在赠送给她的那本纪念小书中提到过，我们没能生养一个孩子，是一件非常遗憾的事。想必，她看到了我内心的感叹，才送给我一份这样的礼物。

那是我收到的一件微小的礼物，但无疑也是最珍贵的礼物之一。后来，我给她发了一条短信，谢谢她那么有心，并祝福她和孩子平安、家人喜乐。

此后很长一段时间，那张照片被我安放在客厅桌子上的一个角落，偶尔会看上一眼。再后来，我离开深圳，房子出租，只能将它打包收藏起来。它并无太多特别的意义，而我在这样一个微小而诚挚的举动里，看到了人性的体贴与关怀。

我们的情分，都定格在了一张照片里，上面是一位纯良、儒雅的年轻男子和一个刚出生的婴儿。我将它视为纪念。

在生活中，我们因为情谊种种，会赠送别人礼物，也会接受很多的礼物，但大多如烟云飘逝，让人印象深刻、值得记忆和珍藏的，不过寥寥而已。

再后来，我们失去了联系，但她赠送给我的礼物，我一生都会铭记，并珍藏。

心的力量不在刚强，而在柔软

F经营一家广告制作公司，经历了广告行业最鼎盛的黄金岁月，也承受了低谷期的萧条。她终究因心性刚硬，能抵挡大风大浪，也能托举当下的成就、光辉和荣耀，一度成为了S城广告业的知名人物。

很多时候，生活就像一把双刃剑，它给你带来世俗幸福的同时，也会给你制造无形的痛苦与压力。这么多年，她从来都是独自扛着一切，身边的人也大多为同事、合作伙伴，因为利益关系，无法交心倾诉。

长期的独立与强势，早已将她的身心变得盔甲般坚硬，不仅阻碍了能量的自由流动，更封锁了心性，让外表变得似乎坚不可摧，但内心早已脆弱不堪。

在外人面前，她可以掩饰自己的焦虑，也可以武装自己的情绪，还可以违背自己内心真实的感受。在工作与生活中，大家都习惯称呼她"大姐"。久而久之，她也将自己的这种习气带到了家庭里，习惯指导和支配，对别人的优点从不赞扬，对于过失和缺点却总是挑剔。在家里的时候，她对保姆也能呵斥半天。这一点让她的丈夫时常感到尴尬和难堪。

有人说，女人越强势，就对家庭越不利。38岁那年，她与丈夫离婚。前夫找了一位相貌普通、能力一般的女子，安稳度日。夫妻从此再无往来。

之后，F争取到了两个孩子的抚养权。她把孩子照顾得无微不至，让他们接受了良好的教育。两个儿子乖巧懂事，从一日三餐、服装搭配、学习到工作，都由她一手操办。

在家里，什么都是F说了算。她想让大儿子当医生。然而，大儿子的理想是成为一名室内设计师。但最终，大儿子还是拗不过母亲，成为了一名医生。从小到大，他都是在母亲的安排下按部就班地生活。

二十年的光景一晃而过，这些年母子间虽然偶尔会有小隔阂，但没有大的矛盾。后来，F依旧将这种强势、掌控的态度，用在了小儿子的教育上。

小儿子和大儿子的性格截然不同，他有主见，不愿受任何人的控制，喜欢按照自己的意愿去生活，更不希望自己的人生被母亲安排。

处于青春期的小儿子，性格叛逆而固执。而那个更年期的母亲，强势、烦躁、焦虑、多疑，也是寸步不让。两个人在一起生活，稍微有点小矛盾就吵得不可开交。家里时常充满吵闹、摔打声，如同战场。

F对工作上的事，总是想得很明白，利弊得失、原因好坏，都能分析准确，拿捏到位。在对儿子的教育上，却怎么也想不通。为什么自己为家庭操劳、忙碌一辈子，给他们创造最好的条件，最后却讨不到好？对抗、攻击、交战，将她弄得筋疲力尽、无地自容。

在最为痛苦、绝望、无助的阶段，F决定带儿子一起去看心理医生。她觉得自己积累了太多的负面情绪，需要释放。当她在陌生人面前，倾诉完多年来种种的矛盾与痛苦时，眼泪抑制不住，一度失控。

一个女人长期被盔甲包裹的心灵，在那一刻完全被打开。心理医生认为：她和儿子之间的相处，应该以柔克刚，而非对抗、控制与分配的关系。心理医生建议她通过打坐、冥想的方式来静心，让自己的心变得柔软。一个人只有柔软、慈悲了，才可以让心如水般滋润万物，化解当下的矛盾与问题。

那天傍晚，她回家后，回想这么多年，和丈夫的离婚，是因为自己的过于强硬、习惯控制，导致原本幸福的家庭瓦解；因为心有怨恨，不允许孩子与他们的父亲来往，导致大儿子虽然已经独立，但依旧对自己充满依赖；小儿子虽然刚强，充满男子汉气概，但长期缺乏父爱，性格异常偏激，总是喜欢对抗；而自己年过半百，事业有成，在外人看来风光无限，但关起门来流泪时，连个递张纸巾的人都没有……四十多年的酸甜苦辣，那一刻如决堤的海水，涌上心头。

最终，她意识到了自己的强势、刚硬给生活制造出了不少麻烦，导致生活起伏不定，引发了一些无法挽回的事情。之后，她开始调整自己的心态，学会了感恩、尊重他人的意愿与感受。渐渐地，她开始尝试以水一般的柔情与他人相处。

"这个过程对于我来说有难度，但它却是我通向幸福需要走的路：柔软、慈悲、纯良、快乐、觉察、自省。"F显然已经学会了柔软、如实地面对自己。

前一段时间，我在看达照法师的书。他说："如果你的心像水一样，那就是最上等的善良。像水一样谦虚、柔软，能够停留在卑下的地方，滋润万物。所以，刚强的人不会永远占上风，只有真正慈悲的人、有爱心的人，才会受到众生的崇敬。"

以此观点对照F，虽然她是一位慈爱、懂得无私付出的母亲，只是她不懂得如何调整自己的心，让人际关系变得更加和谐、柔软。她终究习惯了以商业固有的强势套路，与自己的丈夫、儿子相处，最后，几败俱伤，水火不融。

所以，当女性在出现问题和矛盾的时候，应该首先想到，是不是自己的心出问题了？有没有具备一颗足够柔软的心？

"柔软心并不是和稀泥一样的泥巴，柔软心是有着包容的见地，它超越一切、包容一切。柔软心是莲花，因为慈悲为水、智慧做泥而开放……要见山，柔软心要伟岸如山；要看海，柔软心要广大若海。因为柔软，所以能够包容一切、涵摄一切。人在遇到人生的大疑、大乱、大苦、大难时，若未被击倒，自然会在其中超越而得到定，因定而得清明，由清明而能柔软……"

林清玄先生的话，更让我确定，人唯有在柔软中，才可以更好地与人、事、万物相处。

女人若想做到柔软如水，首先在心性上需要达到清净的状态，丢下挂碍，包容诸事无常，保持平静、笃定。这样才可能让身心如同湖水，波澜不惊。

在生活中，我经常会见到一些女性，她们通过生活阅历、成长背景的打磨，面部变得异常的慈悲，心性也展现出柔软的姿态，她们平静、言语舒缓，看不出任何急躁的神情；举止从容，即便有事发生，也不会因为找不到解决方案而乱了阵脚；乐于助人，喜欢给人以方便，和她们在一起，你能感受到人性中的美好。她们身体里散发出的温柔和慈爱，像一朵开放的荷花，饱满、清香、悦目。

女人当如水，水利万物而不争，滋润大地，丰盈山谷，未曾想过要回报，因博达而慈悲；水变成露珠时，它晶莹剔透，因纯粹而可爱；变成溪流时，能汇百川而成海，能载舟，亦可覆舟；变成温泉时，内心炽热，能温暖他人；变成冰时，它有形、坚固，因清冷而时刻保持觉醒的本能。

女人内心的力量，也如同这些自然变化，在聚焦与散发、凝固与滋养中，散发出清香与魅力。

你都感受不到快乐，却总想着要幸福

"时间过得好快，都九月了。"她大概不到五岁。

"我以前和你一样，也是一个孩子，现在我都当爸爸了。"

"我不想时间过得太快，不想长大。"

"为什么不想长大？"

"长大了就不快乐了呀！"小女孩的声音虽然稚嫩，但铿锵有力。

一次等车的时候，我无意间听到身边一对父女的对话。我很惊讶，小小幼童怎么会觉得一个人长大了就难以得到快乐呢？难道她能敏感地感知到，身边的大人多半都不太快乐吗？

他们的对话，让我想起了一个美国教授考察中国后发出的感慨。大意是，中国人活得很累，世俗里定义的成功只有地位和财富，一生忙于应付各种考试，忙着结婚生子，老了还要为子孙奔忙。一生都在忙碌中度过，却很少关注自己是否快乐……在教授看来，中国人很多时候连快乐都感受不到，却总想要追求幸福。

教授的感慨，细想有一定的道理。我曾经认识一位男性，当时的他，身边有漂亮的伴侣，性格开朗，活泼健谈，工作顺利。

同事和朋友都艳羡他的安稳与幸福。28岁那年，他买下人生第一套房子。33岁时，我因为工作原因，与他再次见面。他已经变得木讷沉默，面孔亦变得与年龄极其不符，非常疲惫与苍老。我有点诧异，他在短短几年时间内，怎么会发生如此鲜明的变化？

后来，谈到最近几年生活的变化，他觉得充满了憋屈与压力。他曾经交往了两个女朋友，后来因为各种问题，都分手了；好不容易在深圳关外买了一套房子，现在为了供房而卖命工作，几次想和老板提加薪，但总是因为底气不足而临阵退缩，更不敢换工作。

我能非常明显地感受到他内心的压抑与不快乐。这种不快乐大抵是与爱情变化、生活压力等现实有关。

告别时，我说："希望你能快乐起来，并获得如先前那般的幸福。"

他说："年龄越大，越觉得快乐有难度，希望有一天能幸福吧。"他说出这些话时，略带尴尬，有几分言不由衷的味道。整场见面，我没见他笑过。

事后很长一段时间，我都在想：他为什么难以感受到快乐了，并觉得幸福都成为了一种奢侈？

"真正爱过，才懂得怎样再一次去爱，这是对爱的尊重。"一句西方电影里的经典台词，它阐述了一个人对爱的理解与认识。如果一个人真正爱过，那么，他无疑也懂得如何去定义新的情爱。

但眼前的这个男人，因为与伴侣分手，便失去了对爱的信任与希望，并由此心生诸多的不快乐。如此，我似乎又能理解了，他身上背负的观念，就是一旦失去爱，就会痛苦消沉，甚至都失去了爱的能力。

至于房贷，很多人背负着它，让自己陷入了两难的境地。究其原因，大抵是超出了自己所能承受的范围。这样的事情在现实生活中为数不少：小两口掏空了父母的养老钱交了房子的首付，为了还每月的房贷，活得很憋屈，似乎在戴着镣铐行走。

有人说过："快乐关乎希望和爱。"人有了希望，生活也就有了方向；而爱能够让内心获得滋养与成长。除此之外，快乐还应该来源于节制。比如，节制日常的欲望，就可以减少烦恼的滋生。说得直白一点，就是有多少能力就办多少事情。比如，你只买得起50平方米的房子，就不要到处借钱，硬要买100平方米的房子。

以我的经验来看，人似乎只有对自己足够诚实，不将自己的欲望凌驾于他人之上，才可能获得真正的平静，并保持身心安乐。这种平静是长久的、不请自来的。这才是快乐的本质。

内心不平静，就无法得到真正的休息。人生的车轮若如同机械般不停转动，又有何快乐可言？就好比，你肩负执念，生活也难以对你开颜；你困顿于执念，人生终究难以快意。

我曾遇见过一位智者，他性格开朗，成天乐呵呵的。有一次，我问他："你每天这么开心，是不是很幸福？"

他当时说了一段话，出乎我的意料："我有意识地要求自己快乐，也尽量让他人感到快乐，所以我每天都是快乐的。有人可能不理解我为什么这样做，但我觉得心安就好，并感受到了幸福。"我看到了他眼睛里传递出的真诚与愉悦。

他是这样说的，也是这样做的。我所了解的他，幼年家境并不富裕，父亲早逝，人生悲苦。这些并没造成他对生活的自怜与悲怨，反而滋养了他对慈悲与善念的追求。如今的他，虽然并不富有，但一家三口在保证自己的生活之外，还可以帮助他人。

我一点都不怀疑他所说的——自己已经获得了幸福。

幸福无关他人，也不是来自外界的衬托，而是来自内在。它是甘甜的源泉，像溪流一样，缓慢而持续。所以，人若想要得到幸福，需要先从不快乐中解脱出来，并重新构建正见的力量。毕竟所有的执念、欲望都是苦的根源，也是阻碍幸福的心魔。

慢慢来，对自己温柔耐心

朋友一希说："慢慢来，对自己温柔耐心……"的确如此。人到最后，都需要做到温柔耐心。它能让我们以超脱之心，和解诸多矛盾和冲突。

但细想，要做到这一点非常艰难。就好像，我们要抵达远方，看到新的风景，就需要穿越峡谷、高山和河流，历经颠簸与坎坷。这何尝不是一种勇气？

在工作中，我经常会接触到一种女子，她们非常温柔，对人和事很有耐心；做事有头绪，不紧不慢，认真且用心。和她们相处，总是能感受到轻松、愉悦。她们像一股明媚的春风，在你的身体上拂过，温暖而明净。她们身上应该有安静的种子，走到哪儿就将种子撒到那儿。

一个人能具备温柔和耐心，终究是幸运的，也是美好的。温柔，能让我们变得笃定，即便外界黑暗，内心也能给自己点上一盏明灯；它还能让你对他人、外界保持包容，对受过伤的人，总能做到温柔以待，在包容他人的同时，也放过自己。

事实上，很多人终其一生，都在和自己、他人、外界抗争。

如果做不到善待他人，就难以善待自己。

心是万物之源。所有的一切改变，都需要从心开始。所谓"境缘无好丑，好丑起于心"，大抵就是如此。自己所承受的诸多苦楚，唯有心知道。

"我之所以皈依禅宗，因为禅宗特别重视心性，即灵魂磨炼。当初，释迦牟尼就是在菩提树下禅定而大彻大悟，他因此明了了宇宙的真相，参透了宇宙万物的所有规律。"

这句话简单明了地阐述了心性与真相的重要性。也如镜子照见自身，其实每个人生来就具有佛性，只是进入尘世后，自身的佛性被私欲遮蔽，变得焦躁、烦恼、懊悔……良知也变得不再洁净，心灵布满尘埃。

有人说，当你心灵困顿时，最好能和圣贤对话，在他们那里，你能获得心灵顿悟。因为心灵纯粹的人，他们始终都能保持气定神闲，能看清事情的本质。通过和他们对话，感知自己内心的蒙蔽，你可以慢慢调整自己，从而变得明澈、清净。

点燃那颗耐心、温柔坚定的心，就是点燃了正念和希望的灯。它象征着光明和温暖，能为你驱走黑暗与无力。

我曾收到过L的短信，他说："婵琴，心圆。"这样的祝福，应该是来自他的初心，我印象深刻，深刻到近十年未曾遗忘。从本质上来说，我算是一个健忘的人，只是有些事像烙在了心上，难以磨灭。

在二〇〇七年的中秋，L还不曾了解我经历过什么。那时，我的心已变得残缺。因为缺乏智慧，也无法做到对自己温柔耐心，内心变得坚硬而自闭。

今天突然想到这些，是因为这一年的中秋节，我收到了很多祝福，但大多都会直接删除。在大量雷同的中秋祝福中，很难感受到一个人真正的心性，好像都是为了祝福而祝福。这已经成为了当下人共有的生活习惯。这些复制的祝福，像杨柳飞絮，除了看到外界的热闹，再无其他。

生命中几件重要的事情，大悲、大喜、无常，都发生在节日中。这些发生，也让我觉得自己好像活在世间，但又不属于世间。我也习惯了站在旁观的角度来看待世间万象。

不可否认，我的内心曾经储藏过痛苦，但这颗种子已经在不断改变，发生新的气象。这是时间和空间以及对自己温柔、耐心带来的力量。

我不再轻易受困于影像与回忆，通过打坐、读经、呼吸，将昨日种种一一埋葬。就好像巨浪冲击崖石，将它日渐变得圆滑。人的心所经历的就是这样一个逐渐清澈、明朗的过程。

一行禅师说："痛苦来自于我们接触到的、一起走过的影像。事实上，我们是安全的，有能力享受当下生命带来的美妙。当我们觉知到痛苦来自影像，而不是当下的情况时，就能够幸福快乐地活在当下。这就是正念与正定的力量。"

除此之外，还要具备初心和爱心。唯有不忘初心，才能与这个世界慈悲、温柔相处。想来，这样的力量也是非常强大的。

所以，我们尽量不要轻易转移自己的初心，保持它直到终老，你的心就能获得滋养，变得明净而自在。

房间里有朋友送的香薰，味道清凉，温和耐闻。其实她完全可以自用，最后却留给了我。收到一份礼物，也需要做出回赠。人与人之间，心灵联结的方式有很多种，重要的是，你是否做到了用心与善待。

接纳和赠送一份礼物，你需要具备担负起它的力量。不要觉得它是负担，其实这是善意和欢喜在流动。这样，彼此的情感才能得到提升，获得扩展与滋养。

这些微小的互动，让人觉得温柔。就像这一年的中秋夜，窗外的天穹，圆月高照，月光如流水般照射在繁茂的树叶上，上面有露珠点缀闪亮，好似银河散发出的光芒。

流动的池水边，挂起了一排排大红灯笼。小区里灯火通明，歌舞升腾，散发着生活和安详的气息。天地之间，清辉遍布，让人安心。世间万象，空前热闹。这是人间承载节日喜乐的方式。

唯独植物，静默相待。桃花的芬芳和小草的清香，在凉风的吹拂下，弥漫出清幽的味道。世间万物，在这样的春去秋来间，茂盛繁衍，仿若生命的轮回。时光亦就是在这样的静默中流淌和转移。

那一刻，天上一轮圆月，心有清风，温柔且安心，是这样甘愿而微妙地活着。

同样也在那一刻，我在公共平台发送了一篇文章，有读者留言："不去留念消逝的人和事物，或许是一种真正意义上的领悟和智慧。学会告别，是重生的开始；徐徐而行，耐心、敦厚，是对自己的温柔和善待。"

如此岁月静好。

你什么都不需要做，只需要改变内在

结婚后的第三年，N辞掉了铁饭碗，顺应潮流去深圳创业。创业初期，正值广告行业的起步阶段，充满混乱与机遇。在这样的市场环境下，他赚取了人生的第一桶金，之后更是顺风顺水，事业做得越来越大，地铁、机场、电梯、出租车，几乎整个城市播放、展示广告的平台，都被他的公司垄断。

后来，他28岁的时候，身家已经超过了十亿。事业最高峰的时候，他的公司还曾在香港上市。

人生就是这样，三十年河东，三十年河西，你永远不知道自己被下一阵风吹到何地，上一秒人前辉煌，下一秒就独自凄凉。

后来，广告市场急速萎缩。这时，N的公司不但面临破产，还背上了巨额的外债。所有资产，包括三辆顶级豪车、五栋别墅、一所海滨高级私人会所，全部被法院收回，强制拍卖。

最艰难的时候，员工甚至为结算工资将他告上法庭。那一年，N的广告公司倒闭，一度引起了当地广告行业的恐慌和波动。当时的局面，变得越来越无法控制。

这是他在37岁那一年，所需要面对的人生境遇。所有的财富，在一夜之间灰飞烟灭。一切都是那么的始料未及，以至于后来，他向自己的媒体朋友回忆这一切的时候，用了"恍如隔世"这个词。

事业崩溃，只是他人生逆境的开端。后来，因为巨大的压力和挫折，他一度精神抑郁，对后续的官司、资产清算、债务盘点不管不顾。当时，他的太太与他人合伙经营一家连锁珠宝公司。在这种艰难时期，她托举一切，整理头绪，和N一起熬过了人生的低谷与混乱期。

N和他的太太是大学同学，从小在一个县城长大。两个人性格里都有好强和固执的一面。广告公司创办初期，他们是合伙人，后来因为理念、想法出现了很多分歧，导致他们经常会把工作带到家庭中，严重地影响了婚姻关系。最终，她决定退出，自行投资寻找出路，他则独自经营广告公司。

两个人互不干涉，各自为政，谁也不把谁放在眼里。婚姻里的裂痕也曾出现过，最终因为财产分配、孩子等问题，使得他们的婚姻一度名存实亡，却依旧相互捆绑。

是事业的打击给他们的婚姻带来了转机。一个因无力承受打击，肉体、心灵上都有了问题；一个积极处理麻烦，化解难题。两个人因为内在心态的不同，让事情的发展也呈现出不同的状态。前者沉闷，一蹶不振，遭受了身心之苦；后者沉着冷静，临危不乱，在处理困局的过程中，锻炼了自己的心力、勇气，保持了内在情绪的稳定与积极。

当N在获得身心疗愈后，看到了他的妻子内心发生的重大改变，甘愿为他处理麻烦，将一切打理得有条不紊。重要的是，她不再像以前那样，为一点小事就埋怨和讨伐N；也不再像先前那样，疑心重重，稍有风吹草动，就指责对方的不忠。

或许是因为她的内在改变，有力地承担了这一切，使得N对他的妻子后来另眼相待，并自我反省：抉择时，太过专制、自大；将时间和精力全部用在事业上，忽视了对家人的陪伴。

这些觉醒，让他的太太也悟到了：一个人，在生命中发生重大事故时，什么都不用做，只需要改变内在，外在的一切就能得到有效、积极的推进和改善。而这些改善，使我们的心灵获得了真正的成长。

生命中的一切事情，都不会无缘无故地出现，多少有因果和规律存在。社会有社会的因果，个人有个人的因果，没有无缘无故的爱，也没有无缘无故的恨。一切的发生，都是你自己造就的。

当我们接受和明白了这个基本原则后，就需要坦荡接受一切，不再去怨天尤人，逃避推卸责任，而是积极有效地处理事情，让事情得到妥善解决。

要知道，一个始终保持正念与正见的人，因为内在具有较强的觉察与自省能力，才有力量和勇气承担一切，引领自己走出困顿与低谷，开辟一条新的道路。即便从头来过，也能意志坚定。因为，他的心好像一朵花，早就得到了滋养。

正如同我们培养花草的时候，需要从根上下功夫。用如孝法师的话说就是："你在叶子上再执着，也解决不了根上的问题。"人的内在成长同样如此。当生命中发生一些事情的时候，首先需要从内在去改变自己，而不是一味埋怨、讨伐外在的不公。那样只会让你陷入更为焦躁、无力的状态。

比如，当情感出现矛盾时，不妨先问自己是否做得足够好；工作出现问题时，先检查自身的欠缺，看看自己是否有做得不到位的地方；关系若失控，先反省自己是否用心和珍惜。要处理好矛盾和问题，需要我们从内在去寻找根源，从而做出改变。人心清净，外界一切都会显现出平和。

一个人脸上若没有污渍，镜子上是照不出来的。问题的根源不在外界，而在于自身。所以，我们完全不用讨伐外界的动荡如何不安，只需觉察内在的每一个起心动念，能否给予生活、工作、学习以积极的影响。这些才是对生命的真正启发，并从中得到丰厚的礼物：自我滋养、完善、修炼与提升。

在时光中，看见成长的自己

"只要心是分裂的，生活就是不间断的冲突、焦虑、沮丧和幻灭。痛苦、恐惧和厌倦感层层堆积。苍蝇越是挣扎着想要摆脱蜂蜜，就陷入得越快。在这么多徒劳无益的重负的压力之下，难怪人们会在对身体、对食欲、对物质世界和其他人的无所顾忌的掠夺中，寻求释放感。这在已有的、必要且无可避免的生存之痛中又增加了多少痛苦，是没法估算的。"

这是夜间阅读看到的一段话。作者是20世纪一位美国神学博士，他热衷于印度教和中国的禅宗，也是忠实信徒。我最早看到这本书，是在朋友圈里。我被书名和封面所吸引，便买了一本。

在他看来，现代人的焦虑和不安，都是心的问题。这个阐述十分妥帖，用在当下，依旧不觉得过时。所谓的经典，大抵是，即便相隔几十年甚至上百年，也能让人有所启迪。这是阅读带给灵魂最真实的体验。

关于读书，杨绛先生有一个形象的比喻："我觉得读书好比串门儿——隐身的串门儿……有时遇到心仪的人，听到惬意的话，或者对心上悬挂的问题偶有所得，就好比开了心窍，乐以忘言。"对于我来说，读书如遇人，有的一见钟情，有的浅尝即可，还有的需要慢慢品读……总之，书和人的缘分，就像注定的一样。总有一天，你会在某个地方翻开它，而不介意书的作者是否有名、书是否畅销，它完全来自于你的内心。

好的、真诚的文字，也需要有心的人，才能读出其中的感受，否则就是一种浪费。所有用心和灵魂写作的人，终究能遇见与之灵魂相近的人。所谓幸运，也需要因缘。

一直以来，我喜欢缓慢、深入的阅读，需要耐心和时间，才能收获感同身受。比如，看日本作家渡边和子的书，她能让你看到悲伤带给灵魂的缺口，也能让你读到美的心灵给人以慰藉与温暖。那些关于生命的真实记录，就如同你我曾经停留过的时光。读到深处，情意涌动。

文字本身所散发的气息，就是作者曾经经历的人生。所以，当你了解了一个人的历史和背景，就不难理解他为什么会写出如此的文字。那一刻，能否与你融汇、产生交集，完全取决于你的理解与经历。

我的日常生活，除却写作，阅读也是很重要的一部分，就如同水和食物一样，是基本需求。人饥渴时，是食物和水给予身体满足；而阅读，是通过文字构建精神的拓展，让内心的结构获得重建，给精神以养分。

"岁末之际，我打开收藏的信件，意外地发现如今已经故去的朋友写给我的信。一行一行读下去的时候，想起永远无法跨越的阴阳之隔和世事无常，我的心里莫名地掠过阴影。我们没有死，仍然活着，这个事实就足以令我们感激不已。这个世界上不存在永恒，一切都只在转瞬之间。活着的时候，就要和身边的人们友好相处，只有这样才能不失人的本分，遵守做人之道。"

"在淡黄色月亮下归来，我的心涂上了月亮的光明。倘他日独行旷野时，将用这永存的光明照我行路。山头夕阳极感动我，水底各色原石也感动我，我心中似乎毫无什么渣滓，透明烛照，对河水，对夕阳，对拉船人和船，皆那么爱着，十分温暖地爱着！"

这样的文字是脱离世俗的。前者是位禅师，身居山林，对自然有极为清净和细致的敏感，自己建屋、种菜，喜欢阅读、听音乐，汲水煮茶，推崇简单自然的生活。他以禅定之心，分享给众生。他讲的山中的人、事，丝毫不觉得琐碎，仿佛一个智慧的长者，让人觉醒，给人以清明。

后者是一位中国的旧式文人，经历了时代的动荡，受了不少苦，但他始终用清简和敏感的思维记录一切。没有恢宏的叙述，只有对文字的考究与挚重。在岁月和真情的考验下，他做到了感恩与记忆。

河流与漂流的船只，以及黄色明月与人心辉映，一切变得明净。那一刻，历史也似乎成了他人的历史，唯有心还能感到温暖。一个人，若能把生活的逆境最终转化为对世间人、事的热爱，那么他的心就会得到清明。

北京进入初秋，晨起较为寒冷。这一年又快走到尽头，而我也感觉到自己的心性又进入了一个新的阶段。至于那些曾经走过的岁月，就像一条铺满黑暗的荆棘之道，冥冥之中有神灵在给予光亮指引，那是怜悯与慈爱之光，我也因此而蒙福。

如今，走过漫长的黑暗，人宛如进入茫茫林海，独自开路行走，有几分危险，充满未知的考验。好在，当下的自己，心性定力已经构建，如何更好地行走，不辜负曾经的辗转迂回，才是对来路更好的回应。

从今以后，不管是己心还是他心，都尽量不要去辜负。就好像那些太过用力去恋爱的女子，一旦付出了真心，却得不到相应的回应，最终像一朵花般凋谢枯萎。而最好的做法，就是不停地往前走，直到生命的终结。

在此过程中，如果你把所做的事当作幻象，丝毫没有依恋，你就不会再有束缚、焦虑与不安。又或者当你对一件事情抱有太大的期待，它最终给你的幸福感一定会减少。无所期待地去做事，它会让你活在时间之外。我们所做的每一件事，都只是为了不辜负自己的初心。

我所写的文字，全都来自于"心"最直接的感受，那些灵魂深处的声音，加速了我对时间的利用。在时光中，我看到了在逐渐衰老的面孔，看到了不断落掉的长发——每次洗头，大把地掉头发。不知道这是因为用脑过度，还是跟年龄老去有关。只是偶尔透过镜子，看到那个不断成长和变化的自己，有几分陌生，但更多的是欣慰。

有人说，人是瞬间变老的。我不知道他说的是面孔还是心灵。但我相信，人的心是可以瞬间变老的。对于我来说，年轻时就拥有一颗老了的心，仿佛是重新活了一次。

朋友H的太太生了一个女儿，我微信祝福他们。若人在深圳，是应该要亲自去看望他们的。还有D，他在海边建起了一栋民宿，以孩子的名字命名。他们都是外地人，来到深圳发展，从一无所有到安稳富足。不知道为什么，听到这些消息，总是无比的喜悦。

那些心存善良、懂得爱和慈悲的朋友，值得想念，让我觉得真实。他们努力工作，诚恳待人，婚姻恩爱，享得世间福报。

朋友怀恩说："觉得你是有个孩子的人，但又怕自己缺乏智慧问错话，让你回想起痛苦的往事。"

她是想给小朋友寄双鞋，又担心不够妥当。我说她是一个非常有慧根、心底柔软的女性，好意心领了。但她执意要送，我总是不知道如何拒绝这样的热情，索性不再啰唆。

平时，我总会收到读者寄来的礼物，有藏香、小饰物、家乡特产等等。那些微小的心意，是对情感的挚重。他们是那么的热心，而我又不太愿意欠下人情，多会委婉拒绝，却记得他们的心意。若有机会，就想着回赠一些什么给他们，否则心难安。

你赠送的情谊，不需要他人记得，甚至不求回报。而他人传递的心意，就像从窗户中照射进来的阳光，让房间温暖明亮起来。这一切，都是大自然的恩赐，完全免费，无须回报。

世间一切都因缘而生，随缘而灭。若我们能在每一个当下，珍惜每一份缘起，就应该感到庆幸，心安而知足。

人生如远行客，记得带上灵魂

"与现在的荣光相比，你永远无法知道将来会面临怎样的失落与不顺。人前背后的低调与谨慎，或许能为日后的失意与挫败挽回一些安慰与清静。人需要保持适当的忏悔与羞耻心，才可能更好地担当一些人和事。"

橘黄色的台灯下，与久未谋面的友人相视而坐。在露台远眺，暗夜中霓虹闪耀，城市的喧嚣逐渐退却。我们聊一些话题，谈论彼此的近况。

海风从窗前飘到脸上，让我们的大脑变得清醒。她问我近些年为何言语越发寡淡。我说可能年岁越大，可选择的记忆与内容也开始减少。觉得有些话可说可不说的，就尽量不要去说；有些事可记可忘的，就干脆忘掉为好。或许，可以理解为对当下生活有了新的规范，内心变得自持。

人到一定的阶段，需要训练自持与规范的能力。它能让我们的生活变得简单而清醒。

比如，物质和精神的比例轻重，语言和行为的得体与否。很多时候，人总是以为无法控制自己的行为，是因为他没有获得安静的心性。人的言行始于内心，亦止于内心。比如，当我们觉得人生是卑微、渺小的，它就是卑微、渺小的；又比如，你觉得生活犹如如履薄冰，如同在悬崖走钢索，你就会谨小慎微，尽量维持平衡。

无论在任何境遇下，一个人都需要具备力量去托举生活给予的种种变数，为此让生命得到新的净化与容纳。心量被扩充、稳定了，那么即使生活动荡变迁，内心也能保持从容和笃定。

你要知道，当我们的额头有了皱纹的时候，曾经有过的悲欣、苦乐、荣耀、落寞，都会如烟云般转瞬即逝。种种往事，不过如飞鸟掠过天空。

这是经历在训练一个人的内心强大。那一刻，心似大海，即便内核汹涌，但表面依旧能做到安之若素。因为你已没有了执念，再无隔阂、偏激、评判和所谓的期待，有的只是与年龄无关的安静心绪。

在此前漫长而艰难的时光中，我们需要鼓起勇气全盘接纳生活给予的好或者坏。毕竟，人终究要经历一些变迁与激荡，才懂得哪些人、几多事在心中的重要性，并甘愿与之惜缘。我们还要训练自己的心，用智慧来消除身边的冲突、矛盾及不安、痛苦。

毕竟，内心积蓄的力量与厚度，以及他人传递的温暖，这些更能抵挡言语慰藉带来的无力与苍白，更能理解风雨过后的淡定自若。所以，对于他人的痛苦，你若没有深刻地领悟痛苦，就很难做到真正的安慰。因为，未曾走过，又何以懂得？

一位朋友说："天地两隔后，世间从此再无热闹。"这也是我的人生体会。

时空总有寂静般的怅惘。人在相信中获得前进的力量。心智不断得到剧烈的重组和变化。记忆中的喜乐与温暖、美好和情感，一一定格，封锁于心灵的储藏室。

很多事情，即使不曾想起，也不会轻易忘记。那是对一个已经离去的身份的敬重与仰慕。

生死无常。人生有太多的未曾预料，却又有如此多的早已设定。如此的人生，在博弈与未知中，让人越发有了活出各种可能性的敬畏感。敬畏万物，敬畏生命，敬畏时间。

我越发感知，时间总在一个隐匿的角落里，成为一个智慧的引导者，它时刻在告诉你，人所遵循的道路，没有任何捷径可以走，细水长流，顺其自然，才是不变的真理。

在这样的过程中，内心时刻都在较量，让心性不断得到新的拓展。我们需要这样的较量，因为它让你在清醒与疼痛中，保持思考的能力，不断修正、警醒自己，担当一切。如此，也解决了很多生命中存在的困惑与答案，会让生命在经受风霜雨雪后，开出绚丽、饱满的花朵。

境遇如同枷锁，带着它舞蹈，或许能打破束缚，获得自在。但若执拗、盲从，则难得解脱。在这里，"我"是一切的源头所在，比如烦恼、执着、痛苦、欢喜、情绪。

如果你已经承担和接纳了世俗过往中的一切恩怨、无常，那么就继续以慈悲之心，做一个慷慨、无声的担当者。

对于冥冥中注定的人、事，不要试图去摆脱与对抗，不如淡定面对，与之为伴，继续独行。它会在时间的光照下慢慢淡化，让你具备渡过下一次坎坷与变故的能量。

人性虽然复杂，但生活可以简单。若可以，我们完全不需要去判定或者想象他人的私欲、情绪，也不需要去改变任何人，甚至为自己找各种借口。如果你有足够的耐力去做到相信、不计较，时间会恩待所有懂得爱、宽恕及无私付出的人。

理想与追求是夜色中被点燃的烛光，油灯耗尽，真相会自动呈现。那一刻，时间就是公允的评判者。

"所有命运赠送的礼物，早已在暗中标好了价格。"这真是一句耐读的话，延伸出来的意义明暗各占一半。

生命中所谓好的礼物，可能是惊喜，也可能是赠予。既然接受了，就要回赠。天上不会掉馅饼，也无一劳永逸的事。免费午餐貌似蜜糖，嚼到最后，说不定就是陷阱与苦涩。总想投机取巧，凭借外力不劳而获，这是一种心魔，需要克服与修正。我们的福报总有消耗完的一天，所以不要肆无忌惮、太过得意。

其实，一些在外界看来不好的事情，也许是被生活包装后的礼物。它可能是糖，也可能是药，还有可能是砒霜。具体是什么，完全取决于你如何看待。

任何经历都有它的价值，就如同任何得到也一定要支付成本。命运的公平之处在于，它给人迷惑，也带给人清醒。

心存敬畏、清醒地活着，才是对自己和他人的嘉赏。清醒地做一个脊梁挺直的人，对这个世界充满耐心。

任何时候，若想清明、自在地存活，就要熄灭虚妄与杂念。如此，你对自己和他人的情感，才可能在理性中自带洁净通透的光芒。

所以，我们在历经各种不易与艰难，获得了世俗意义上所谓的成绩后，如果能以同理心善待他人，是一件很值得敬重的事。它反映出人本性里的纯良与真诚，及对过往的珍惜。因为他人所经历的当下是他曾经走过的，也能从中看到先前的自己。

"生命并不是一种时间的长度，而是一次灵魂的远行。"美国作家安娜·昆德兰的话，像一束光，皎洁清丽。她还说："无论途中有多少曲折，只要有懂得，便会有花、有蝶、有阳光。"

所以，我一直觉得，岁月只有走过、磨炼过、超越过，才能获得属于自己的人生。

一如，你若扛过了惶恐、无助的时光，就不再觉得有什么事可以让自己急躁不安。该镇定的时候，就心如止水；该脊梁挺直的时候，就昂首行走；耐心对待人和事，随遇而安，相信时间会回答一切；即便自己不喜欢的，也会因为他人的喜欢而成全；保持一颗谦逊的心，不要过于强调自我；保持学习，对于生活有担当的热情，但不必执着。

有一些道理，早一天明白，早一天受益。情感有一定的分寸与距离，无须用太浓烈的话语去维系；你要相信，更好的东西永远在将来；你必须习惯独自消化一些事情，才能得到成长；所谓的自怨自怜，不过是无病呻吟；人学会了抽离与优雅转身，也就学会了释然与放下。

人生天地间，忽如远行客。时光似风驰电掣，往事难如烟。岁月流传，往往转身便是再见。学会珍惜，才能活在当下。至于人身肉躯，能走多久、走多远，都不重要，重要的是，你能否为心找到回家的路。如此，此生就算圆满。

你可以任性，但要为任性负责

　　朋友最近在做一个项目，虽然遭到了领导的极力反对，但她依然坚持自己的决定。她只是想向外界传达出自己眼光的准确性，但最终得到的却是挫败感。

　　她说："我不知道自己有多大的力量，但我尽心尽力做到了本分，也为任性担起了该有的责任。"

　　她是一个理性而冷静的女子，但凡为某事做出了决定，在执行的过程中，即便再多艰难和挫败，她都能独自托举，默默承担一切。这些人、事抉择背后的勇气与默默承受，颇有几分"打掉牙和血吞"的味道。

　　"自己选择的路，即便再难，跪着也要走完。"在印象中，这是她最喜欢说的一句话。这么多年，她在完成一些重要的事情时，总是会有一些障碍，但她始终笃定如斯。

　　我说："这可能也是一种生活态度。一个没有向现实妥协的人，一定也有力量负起责任。而那些习惯了向现实妥协、在任性而为后无法担当的人，大抵也是一个内心虚弱、对自己缺乏认识的人。"

她又说："任性需要付出代价，不任性也要付出代价。当我们不再年轻，不如任性过活。某些时候，我们需要向现实妥协。但你要知道，一个人若心性不够坚毅，习惯妥协，就会演变成一味的退缩和逃避。而且，妥协后未必就会事事如愿。"

我想，在生活中容易向现实妥协的人，在一个新的环境和关系里，也容易会滋生出新的问题和矛盾。遗憾的是，无力担当、不愿意负责的人，随处可见。

B女士，经营着一间小茶馆，女儿乖巧懂事，丈夫在国企上班。两个人结婚十多年了。在第十一个年头，她主动提出离婚。理由是对方不懂得心疼人，挣钱不如自己多，还有点大男子主义；两个人价值观不同，又不愿意彼此妥协。

婆婆通情达理，公公任劳任怨，每次两个人闹矛盾，他们总是站在儿媳妇这边，算是对她照顾有加。谈到离婚，老人试图劝阻，也极力调和，希望他们的婚姻能够维系下去。

她的父母也不赞成女儿离婚。老人的意见是，女婿有很多优点，是个适合过日子的人。两个人生活，难免会有矛盾，不如各自多担待一些，问题也就变得简单了。

任何的说服与劝阻对B女士来说，都是徒劳。她执意要离婚，以为离婚之后就可以万事大吉，一切顺遂。

她一个人在外面租了房子居住，日子算是清净了几分，但新问题、矛盾并不比先前少。孩子与自己的关系越来越差；独自经营的小店由于竞争激烈，生意日渐萎缩；偶尔自己生病了，连个倒杯水的人都没有。

离婚不到半年，她心里有点慌张，便试图再婚。但挑选的过程中，她发现一个个不是不务正业，就是偷奸耍滑、吊儿郎当，比前任更不靠谱。还有一个，居然拿着她的钱去养前妻与儿子。

万万没想到，任性到最后，反而成了一部滑稽剧。随着年龄的增长，心性也日渐扭曲，她开始像祥林嫂一样，喜欢向身边的朋友倾诉：世上没有一个好男人。

对此，她母亲也只能叹息："我早就跟你说过，瓜选瓜，越选越差。你偏不听。"

再后来，就是一连串的恶性循环：事业不顺，情感受挫，生活陷入僵局。她索性开始自暴自弃，喋喋不休地抱怨世道不公、命运薄情，脸上总是愁云密布，有了与年龄不相符的苍老。

这是B女士有生以来最为任性的决定，也为此付出了代价。只是，这个代价她最终无力担当。她一边逃避，一边把自己推进了尴尬与艰难的境地。

生活因为草率的任性，又无力负起该有的责任，就会变成一道越不过的坎。

而另外一位男性，在一个公司奉献了十年青春和心血，由于制度改革，适应不了新的竞争。他想离开，于是就找各种理由："公司制度不公平，人事调动有问题，考核机制不合理……这里的房价太高，上班路途遥远，总是找不到适合的餐厅吃饭……"总之，他在为去往另一个城市找理由。

有一个朋友说，一个人离开一个地方或环境，可能不是环境有问题，而是自身出了问题。换句话说，你不是讨厌某个地方，你有可能只是讨厌你自己。

有很多类似的案例，生活、工作、关系面临困顿时，如果无力解决，索性任性打破，不留回旋的空间。一意孤行若能做到洒脱，也不失为一种美好。比如：跟自己较劲，喜欢折腾，即便挫败，也能独自消化。你可以任性，但前提是，你要有心理准备及担当。这就是一个自我认知与自我估算的过程。

日本艺术家草间弥生说："一生中所有艰难，我都亲力亲为。"而我总是会想，对于任性造成的困顿，我们是否具备了悄无声息、独自消化它的力量？

其实，你什么都不用想

近日，我去见一位上师，问他一些困扰内心许久的问题，得到了些许答案。他说，你什么都不用想。寥寥几字，非常简单，它亦似乎在提醒我，是否想得太多。

大概一年前，梦见小朋友丢失，我内心惶恐，心如刀绞，站在一条幽深无垠的公路上，左边是茂密丛林，旁边有沟壑。我站在那里四处寻找，绝望慌乱。没多久，他从雾气中蹒跚向我走来，面庞稚嫩可爱。然后，我看到一束光，还有一张非常熟悉、慈祥的面孔，像观世音菩萨，四周散发出金色光芒。很快，他就消失了。梦境非常清晰。

我一直记得这个梦，印象深刻，而且它会让我反复想起一些人、事。

他还没出生前，我去过一次寺庙，祈祷他平安健康成长。他出生前两天，时间仿佛被卡住，最终不早不晚，选择了一个特殊的时间诞生。那是我生命中最重要的、充满喜庆的一天。

某些断层的记忆，与心的联结，似乎冥冥之中注定了一些事情的发生及改变。我总是有意无意地去想些什么。这么多年，一些梦境和现实让我确信，人、事的发生与遇见都有它的意义和答案，会在某个点被解答。这需要时间，我们要耐心等待、觉察。

当我确定这些时，花了近十年时间才明白，并相信。

这十年，我从南到北，辗转迂回，未曾歇息。所抵达的彼岸，是穿越山海后的新起点。

时光如刻刀，在面孔上雕出了岁月的痕迹，但我看待人世的心态已变得更加柔和。这应该算是一种弥补与慰藉。日光、风霜雨雪的冲刷，让身心在经历沧桑的同时，也磨炼出了包容与静寂的能量。这是年龄和经历给我的礼物。

心性的拓展，让我越发喜欢于任其发展的状态，因缘和合，聚散有期；随遇而安，过好当下。

夜间阅读，看木心先生的一段文字，他说："唯一能做的是长途跋涉后的返璞归真。"简单一句话，道出了人这一生艰难曲折后的清风明月。当时，光从身后倏忽而过，繁华飘零，最后一切也终将会复归于朴。

我们需要学会并懂得如何觉察自己的心。这种觉察更多的是一个念头升起和消失，从而做到平静。

所以，我只能尽量训练自己，不要想太多，让很多念头在脑子中自行消灭。对于暂时无法完成和解决的事情，也不要急于求成，不如交给时间去消化。每天保持固定的作息和工作计划，如此，日复一日，时间如流水般自然消逝。人保持后退和隐匿的姿势，寻找一些生活的实相，保持心的质朴与简单，不要让它变得迟钝。

大概三年前，夏天的南方城市，空气闷热，光线炽烈，陈姐与我在山上一处简陋的居所闭关。一切简单、清苦、寂寥。她的大半生都在忙碌，为了金钱、荣誉、头衔、掌声。

　　直到某一天，她如愿得到俗世里的圆满，功成名就。只是，人世难有完美，也没有永恒和万无一失。我们在机缘和努力中获得了圆满，也能在自然与无常中体会残缺。

　　后来，陈姐的人生发生了动荡与变迁，巨额财富在一夜之间全部失去，甚至车子、房子都全部拿去抵押、拍卖。真是人生无常，无比虚幻，却又如此真实。

　　后来，她通过自我调整，开始注重内心，体会新的生活。她逐渐明白，人还是可以过另外一种生活的。粗茶淡饭，布衣素食，生活并没因为清苦而减少乐趣，反而更让人觉得内心安定。

　　后来，她有缘接触宗教，有了信仰，越发心静，欲望减少，挣扎全无。虽然家境不如先前，日子也算轻松自由。她觉得以前时光似弓弦，绷得太紧。生活给她的致命一击，如同耳光，亦似警钟。所有的一切，瞬间灰飞烟灭，让她刻骨铭心。内心的飘摇动荡，亦如午夜梦魇，很长一段时间，清晰可见。

　　她事后告诉我，人生的某些境遇，如同在渺茫的大海中航海，随时都有可能与暗礁发生碰撞，带来致命伤害，但还不至于丢命。那一刻，人只能前行，直到到达目的地。

　　现在，回头看一切逆境，反而让人清醒。它们是打击与苦难，也是礼物与福报。它让人停下来，重新思考前面的路。

　　在这个过程中，如何保持清醒、积蓄力量才是关键。当然，你还需要保持继续生活下去的勇气与力量。

我对她说："你因为无常和磨难袭击，人越发活出了气象。"她微笑，一脸素静。

我们在寺院，终日默然无语，静坐，素食，粗茶。没有网络，全无交际，没有现代科技来分神。一旦走出那个环境，叫卖声、机器轰鸣、电话，让人无法专注。人的恍惚与慌张，刻在脸上。喧嚣，渗透于每一个人的生活间隙。

当然，新事物和繁华没什么不好，这是社会发展的产物。在匆忙中，流年飞逝，美好被耽搁，灵魂无处安放。我们的心变得越来越茫然，只剩这身皮囊。这似乎也成为了生活的一种真实写照。

人们以生活的失衡换来物质的满足，得到的却依然是内心的不安；头脑带来的急速旋转，却换不来内心的沉淀和提炼；他们害怕面对自己，甚至喜欢逃避；他们总是妄想以最短的时间，获得最大的回报；他们总是将心放在很多无关紧要的事情上，却忽略了人生的意义；他们总是会感到空虚无聊，觉得人生不是太短暂，而是漫长得不知如何打发。

所以，有人说："现在的人们似乎已经习惯了以尽量少的时间、精力、金钱、情感投入去完成事情，所以生活中充斥着多快好省的东西，对心灵的投入甚少。物件也好，事务也好，做的人不用心，受的人也不用心，一个个都努力想把自己这辈子赶紧敷衍过去。若要改变生活方式和价值观念，要舍得放弃，也要舍得投入，要耐得住过程的缓慢、琐碎和艰难。"

以物欲、执念、盲从来麻痹自己，时间久了，也就习以为常了。终其一生，都不知道自己为何而生，又为何而活。忙碌而茫然的一颗心，终究无法得到解脱。

写这篇文章时，电脑里循环播放的是《大悲咒》，它有很多版本，不同人、时空的演奏，各自韵味皆在其中，空洁，饱满。文字、音乐、宗教抑或信念都一样，通过各自特殊的符号转达、表述，形成美，给心灵以洗礼。

而人也需要这样的历练，去感受活着的微妙与复杂，抵达灵魂深处。这是人需要做到的清明。所谓长路跋涉后的复归于朴，大抵是保持了内心的简朴与静美。

岁月自会证明人心

F一次和友人相约看电影，但临时要加班，只好爽约。友人非常生气，觉得她不靠谱，事后很长一段时间对F爱搭不理，甚至认定F人品有问题。F不明白，为什么好端端的一段友情说没就没了，还上升到人品的高度，内心很是受伤。

我说，这是一件很简单的事，你们的友情经不起考验，而且这种事也不算大事，不需要用他人的过错来惩罚自己。

很多时候，人就是这样，喜欢跟自己过不去。实际上，生活中总会有一些摩擦、冲突。既然一段友谊结束，说明缘分已尽，不如好聚好散，没必要烦恼。

这是一件非常正常的事情，如同花开花落，万物生死有期。这个时候，我们需要反省的是，自己在整个过程中，是否已做到问心无愧，是否伤害过他人？

有的人在结束一段关系时，开始无情地诋毁、讨伐对方；而有的人宁愿选择沉默、接纳一切，孰是孰非，全无评判，所有恩怨，如同沙粒掉入大海，浪花都难以激起。

前者激烈的情绪，看似在伤害他人，实际上为难的是自己。

后者即便有苦，也能做到不辩解、不抗争，独自默默承受。能学会放下，独自消化一些事情，也不失为一种智慧。

我们所生活的环境与空间，说大很大，说小也很小。人与人之间，有的人一别就是永别；而有的人即便曾经有过纠葛，说不定几年之后又能再见。这个时候，是沉默以对，还是重续前缘，完全取决于你。

如果可以，一段友情即便结束，只要留住一些美好即可。尽量不要用自己的偏见，比如，"他虚荣""他气量不够""他事儿多""他善于计较"……人性有它的双重与多面性。我们也永远不要信誓旦旦地说，"我非常了解谁谁谁""我们是一生难分的知己"。

因为岁月会流逝，人会成长。你曾经了解的人，可能只是某个层面或阶段性的个体。又比如，今天你看到的他是这个样子，说不定明天就又会是另一副模样。你只需要将自己做到足够好，其他交给岁月去处理。

所以，即便一段关系出现偏颇与不适，也要用一颗大度的心去容纳人与事。而所有偏见或者先入为主的观念，只会滋长自己的怨恨，让你变得狭隘。

"时间是最完美的仲裁者，在岁月面前，没有什么事是过不去的，只有你自己和自己过不去而已。"这句话的微妙与美好，在于它呈现的是心性的开阔与豁达。

换句话说，与其和自己过不去，不停折磨、惩罚自己，不如一笑而过，将心放下，接纳一切，做到坦然自若。这样的心境，既是对他人的宽恕，也是对自己的放过。

放过自己，与过往情感挥手，不带走一丝云彩，互道珍重，总比你争我斗的歇斯底里，要来得畅快与优雅。

岁月如同一张错乱编织的网，你是愿意被困其中，作茧自缚，还是愿意跳出，开启新的视野，全然来自你的心。

时间会改变很多的人与事，岁月会教会我们把风景看透，而这所有的一切，无论好坏、善恶，都会如同尘埃随风飘散，消失于天地大海中。而在这期间，我们的人生格局会得到提升，内心变得更加强大。

在岁月面前，我们最不需要的是拧巴。一旦拧巴，显现的就是自己的不够豁达。急于争输赢，或者急于求答案，都是一种过于急迫的行为。我们所能做的就是妥协、接纳与承受。在这样的过程中，你会感受到自我能量的不断增长。

岁月不仅仅可以证明悲喜无常的人心，还可以证明日月山河的永恒。当你与岁月同行，接受了它的洗礼与磨炼，你会发现，世间的人、事到了一定的年岁，终究可以轻描淡写。

岁月冷却了张狂，也耗尽了颓废，但它何曾败过流水与赤子之心？时光，是最好的见证者。

第四章

相比天分，我更相信努力的意义

99% 的人生只是活过而已

一次，我在咖啡馆里写作，旁边两位年轻人估计是在自主创业，一直在聊一些当下流行的创业思维与模式。甲说："你看某某某的创业就很成功，他现在的自媒体已经拿到了融资，据说粉丝不少。"语气里有着明显的羡慕。

"拿到融资又怎样，还不是网络版的知音。"我抬头看了看，说这句话的乙满脸的不屑，"你做的是一个阅读群体不同的App，应该专注你当下的事情，而不是今天看这个做得好，明天看那个又融资。你知道你现在为什么总是觉得自己很累吗？因为你喜欢比较，到最后你会忘了自己是谁……"

这样的对话蛮有意思的，让我想到当下一句流行语："人生不是用来比较，而是完成的。"当下的一些人之所以总是喊苦叫累，大抵是他们总是太喜欢和别人去比较。

我说过，比较没什么不好，它甚至可以促进自身的进步与发展。但比较一旦盲目，就会让你的心态变得扭曲。因为它来自内心对自我认识的不足，超越了人自身所能承载的范围。

一个人一旦没有足够的自我认识，就会迷茫，做事稍有挫折就想放弃；热衷于给自己找借口，还总想着走捷径、投机取巧。

现代人无比焦虑，即便他有房、有车，还有稳定的工作，也依然觉得压力很大。有个熟人就是这样，经常在电话里诉苦，见了面就喊累。有一次，我跟他说："你不是难民，也不是乞丐，还有一份不错的工作。有啥苦的呢？还是安心过好当下吧。"

对方说："这个……最近想换个大点的房子。"因为我对换房子的事情不感兴趣，就没再接话。

我记得他们在两年前买过一套房子，两边的家长凑了六十万，自己拿了几十万，买了套几百万的旧房子，没有社区设施，没有绿化，也没有楼道清洁工和物业管理。

当时，身边有朋友问他们怎么花几百万买这样的旧房子，他说："一起出来工作的人都买房了，我们再不买，就实在过意不去了。"

"别人有房，我们也应该要买。"这样的逻辑也让整个小家和双方的家长开始承担了漫长的负担。因为两人的工资不够月供，双方老人还要拿出退休金支援。这种比较后的承担，难免会苦、会累。

我们不太愿意做自我了解和认知，总是喜欢以外界的价值标准来衡量自己。我们从小受到的教育就是：谁谁家孩子学习好，谁谁家男人发财了。在这种思维的影响下，很多人便只能在夹缝中匍匐前行，姿势怎会好看？你注意观察这些人，他们总是神态焦虑、生活单一、步伐匆忙，根本无暇关心这个世界的美好。

我曾问一个朋友，在北京过得辛不辛苦。他说："要看人的。有人辛苦，有人不辛苦，像我这样就还好。"

我想，他之所以不觉得辛苦，是因为他对自己有足够的了解，而且他非常清楚适合自己的路。这样的路是以艰难、漫长的自我认知为代价的。看上去似乎是不思进取，但如果对他有一些了解，就会知道，这是一种智慧。

在我看来，对自己有足够认识的人，不会被大众的价值所左右。他们很自信，不屑于和外界比较。因为不喜欢比较，所以也不会因为一些没必要的东西，让自己承担与能力不匹配的压力。所以，他们不会抱怨社会，也不会吐槽外界环境如何不公平，更不会成天喊苦叫累。

我的父亲，知道我每天写字，虽然他对我抱有很大期望，但他从来都是跟我说："文章能写就写，不能写就不写，不要把人弄得太辛苦了。"我的父亲生性淡泊，但一生做事踏实认真。我多少也继承了他的一点习性。比如，我写字的初心只是为了让日子好过一点。至于回报，那就是上天的恩赐。得到了，最好；得不到，是自己福报不够，也能坦然接受。

这样的观念和思想，让我在对待写作这件事上，有了某种轻装上阵的洒脱感。总有人说，自己写作如何辛苦，不是脊椎痛，就是头疼。我似乎很少感受到这些问题。虽然有时候身体会由于长期保持一个姿势写作而疲累，但内心从来都是愉悦和享受的。而我也正是在这样体验的过程中，一点点觉察到了自己的心，也收获了从未有过的踏实与自在。

有一次，我看到一位老师的文章，她在一次与朋友聚会上说："……我也从来没有想到我要去挣稿费，用这个改善我的生活。我也没有想到拿这个去成名。我觉得这些都不是我想的，我从来不想用文字去干吗，我就觉得把它们一笔一笔地写下来就行。我想换成你们每个人，都会和我一样。"

我相信她才是真正热爱写作、内心淡定的人。真正的热爱是不会刻意索求任何回报的，就像我们的父母曾经为我们付出的一样，他们生养我们的初衷，肯定不是为了养儿防老。他们无条件地付出，源于无私与爱。

大概两年前，我去听音乐家雅尼·克里索马利斯在北京的音乐演奏会。整场演出，你很难想象那是一个年过半百的人在台上表演。我看过几个一线明星的演唱会的视频，隔着屏幕都能明显感受到他们的不放松，是那么的紧张、不自在。本来就是一个娱乐和享受的过程，最后却因为很多束缚，变成了一场交易。看了也只是看了，毫无收获可言。

人生亦同样该是如此，无论我们从事什么样的职业，有过怎样的财富与历史，它本身带给我们的就是一场体验，而不是在这个过程中，左顾右盼，多向比较。以至于自己在模糊的自我认识里，有如旱鸭子落水，狼狈不堪。

这也是心灵落水的典型模式。一个人心灵落水后，就会盲目外求，而不是从了解自身开始。

"人生是用来体验的。事实上，当下99%的人生不过只是活过而已，似乎总想着如何把这一生打发完。"十年前的这句话让我印象深刻，也提醒着自己，该如何度过短暂的一生。

如果毫不费力，那就是在浪费时间

最近，S决定离职。她从事出版行业，用了十年时间，从一个普通编辑晋升为团队负责人。她手下的员工全是80末和90后，他们活跃的思维和开阔的视野，让S深感压力，也像兴奋剂，在适当的时候激发了她，让她不至于头脑被禁锢，思想停滞不前。

即便这样，她还是觉得自己在出版行业难有长进，因为每一件事做起来都毫不费力。她不想再继续浪费时间，甘愿选择一个新的行业，重新开始。我非常赞同她的选择，也欣赏她的决定与勇气。

S今年35岁，上有老下有小，需要养活一家人。倘若在当下的行业持续工作下去，以她的能力，坐稳中层的位子，过上中产的日子，肯定没问题，甚至可以更好。

"我觉得自己在这个行业里很难再有提升，再这样下去，不过是浪费时间。我不喜欢苟且度日。"S跟我说这句话时，决心已定，眼神非常坚定。

那一刻，我感受到的不仅仅是一个女人的任性与内心驿动，而是一个成熟女性甘愿遵从内心的勇气。

"世上最难学懂学透的学问，就是如何享受生命。在我们所有缺点中，最严重的就是轻视生命。"作家蒙田的话，我在时隔多年后才有了深刻的领悟。我在经历了一场事故后，才懂得如何更好地善待自己、珍视生命，敬畏生活中的每一次困难，以平和的心态去接受它，然后解决它，并从中感受到渡过难关后的喜乐与充实。

　　在现实生活中，当我们习惯了顺境，逆境一来，抱怨和颓废便随之而生，很多人甚至一蹶不振；我们害怕放弃，是因为我们安于苟且。即便在一个行业或者职位上毫无进步，依旧愿意耗费时间，直到老去。

　　浪费自己的时间，这样的行为并不可怕。可怕的是，这也是在浪费他人的时间。要知道，不是每个人的时间都经得起消耗，也不是每个人都愿意浪费光阴、敷衍生命。你若不愿意，不如把机会让给别人。

　　当然，这也是各自不同生活方式的一种选择，没有对错之分。很多人的一生虽然短暂，却活得精彩，像活了几辈子一样；而有的人即便长寿，事实上他的生命在年轻时就停止了，再无长进。就如同有句话所说的：有些人25岁就已经死了，只是75岁才埋葬而已。

　　改变与成长，难不难？难！然而，曾经的难处，会像荣耀一样，在你的骨血里刻下努力、精进的美好记忆。因为你知难而进，勇于开拓生命的可能性。如果你不做出改变，获得成长，你就会觉得，生命只有一种可能，到老也只是一个模样。

当我不再逃避一些困难，并习惯迎难而上的时候，会发现所谓的极限，是可以一步步突破的。在这个过程中，你可以飞速成长，获得解决问题的能力。这样的能力是在平和、不抱怨、接受困难的挑战中，逐渐培养、挖掘出来的。

　　"我的能力有限，只能干到这种程度了……"能够说出这种话的人，要么安于现状，要么习惯苟且。

　　你要相信，这个世界天生就有人习惯挑战，并喜欢在挑战中不断完善和充实自己。在这样的过程中，他们发现了全新的、更好的、更强大的自己。这是挑战带来的突破与改变。

　　T在离开北京时，年过三十，已有稳定的工作和经济来源。最终，她选择去了一个新的城市重新开始。之后的十年时间里，她从影视广告业转行，成为了一名没有稳定收入的编剧。在此期间，她经历了婚变，独自抚养孩子，还抽时间去商学院进修企业管理。她所有的能量与潜力，在这段时间里得到了爆发。

　　最终，她整个人脱胎换骨，如同获得了重生。一次，我们见面的时候，她感慨万千："有时候，不逼一下自己，就不知道自己的能力极限在哪儿。幸好，我选择了离开，否则，我还以为自己一生只能是一个影视广告人。"说这话时，T刚好进入不惑之年。我看到，她的脸上散发出平和而喜悦的光芒。

　　在我看来，那才是一个女人应有的姿态与活力。40岁的T站在我面前，素颜，长发，精力充沛，才思敏捷，性情温雅，豁达从容，远超从前。

　　困难需要用勇气去战胜，虽然会有痛苦，但也会带来新生和力量。就好像女人生孩子，婴儿在母体内生长成熟后，要降临到这个世界，就要经历痛苦。

新生命的诞生，需要忍受疼痛。人若想成为更好的自己，就要付出努力和汗水，才能获得长进和发展。想在一个行业内安稳度日，或者不愿意付出辛劳，就想青云直上。人一旦有这样的想法，是很危险的，也容易出问题。

最好的成长与突破就是在不断地摸索与改变中，让自己有获得新生的可能性。人生难得，光阴更有限。当你每天在重复同样的事情，且不再有任何困难的时候，你就该提醒自己，需要做出改变与突破了。否则，你就是在浪费时间、浪费生命。

迷茫的时候，选择最难的路走

　　每个人都会有迷茫的时候，当下困境不断，未来不知所措。有的人会在这个时候左顾右盼、进退两难，在纠结中虚掷时光。而有的人则选择直面问题和困难，选择最艰难的路走，不给自己留退路。

　　我曾经采访过一位日化用品店的老板。在离婚之前，她的家庭很幸福，她是北方一个城市的公务员，先生是一位画家。家境虽然谈不上优越，但也算富足。为了给先生提供更好的创作条件，她选择独自来北京工作。因为有较强的英语口语能力，她进了一家日化用品公司，负责采购。

　　因为高情商和较强的沟通能力，她很快就获得了升迁，成为了公司的骨干。当时北京偏远地区的房价还比较便宜，她给自己买了一套房子，将先生接到北京。毕竟，想发展艺术，北京是最佳选择。经过五年的摸爬滚打，她积累了一定的人脉和经验。她斟酌再三，决定开一家小型的进口日化用品店。

　　原本以为日子就这样安稳地过下去，但世事难料，她的先生后来有了外遇，坚决要离婚。而她自己的事业才刚起步，看不到任何起色，手中的积蓄已经所剩无几。

她没哭也没闹，选择了平静分手，之后专心经营自己的店铺。她说："压力最大的时候，也是资金周转最困难的时候。那一年，我36岁。人生从未有过的迷茫和焦虑，就此开始。"

时隔多年后，我再听她回忆往事，往事却已如烟，看不到任何的疼痛，好像在诉说别人的故事。我问她："当时外在环境动荡不安的时候，是什么在支撑着你前行？"

她说："我只能选择坚强。唯一的出路，就是不断往前走。我选择了一条艰难的路。我把房子卖掉，资金全部投入店铺。在这期间，几起几浮，吃了不少苦。若现在重来一次，未必有那么大的信心和勇气。"

她告诉我，当时想得最多的，不是怎样在北京这个城市生活下去，而是对未来感到迷茫，觉得自己随时都可能会破产。她也曾怀疑，自己的能力是否能撑起梦想。前路如迷雾一般，看不清方向。孤身一人的城市，除了客户和生意伙伴，连个说知心话的人都没有。房子也卖了，回老家肯定不可能，生意要是做不起来，到时候就进退两难了……在长达一年多的时间里，她都处于心力交瘁的状态，但还是要硬撑着往前走。

好在上天不负有心人。在43岁那一年，生意慢慢有了起色，每年都有稳定的盈利，她也重新找到了彼此相爱的人。

在最为迷茫的时候，她选择了一条艰难的路。或许是老天眷顾，让生活在迷茫之后，一切又回到正轨。她并非有多么的幸运，只是她不愿意日子在安逸中虚度，也没有时间和精力去抱怨命运的不公与艰难。

她一边摸索，一边总结经验和教训，认识了自己，也明确了方向所在。她将曾经吃过的苦，化作甘露，促成了自身的成长。她相信，未来的路一定会越走越宽，机会也会越来越多。

　　如今，她在北京已有三家直营进口日化店，生活趋向稳定和平静。只是，没有人会知道她在迷茫时选择的那条艰难的路，承担了怎样的痛苦和绝望，以及不为人知的眼泪。

　　另一位男性，父亲癌症晚期，他需要回家照料。为了好好送父亲一程，他选择了辞职。半年后，父亲离世。那一年，他35岁。逝者已经逝去，但生活还要继续。他需要做出选择，要么继续找工作，每月拿固定工资，日子也能过得不错；要么辞职，做一名独立编剧。这是他真正喜欢的职业。

　　父亲的离开，动摇了他的心，也影响了他后半生的成长方向。曾经父亲对他抱有很大的期望，希望他在北京能有一番作为。如今，父亲不在了，他要为自己而活。

　　几经平衡，他决定打破先前的生活方式，选择一条难走的路，以独立剧本创作人的身份，开始新的生活。

　　刚开始，因为人脉不广，剧本即便写完，也没人接手。在长达两年的时间里，他只能靠积蓄度日。在这段时间，一切都充满了未知，完全看不到前途，焦虑迷茫是常态。

　　那时候，有句话提醒和激励了他："活不出来，一切枉然。"那个夜晚，他坐在书房的黑暗中，想到这句话，直到内心一点点变得亮堂起来。

　　好在，他对工作始终保持热情。精神上的支撑，帮助他度过了那段最艰难的时光。

如今，十年过去，曾经的苦难终究没有被辜负，换作了荣耀和成绩。他已经成为了小有名气的编剧，也出版了几本书。一切都在往好的方向发展。

有一次，我问他："为什么在迷茫的时候，你选择了最难的路走？"

他说："人只要往前走，就会有希望。如果当初不选择那条艰难的路，现在可能会更难。生活若没有艰难一时的勇气，就可能会有艰难一世的尴尬。"

那一刻，我开始明白，也越发理解了他曾经为生活做出的选择。在他身上，我看到了人性里觉醒的一面。

迷茫的时候，选择最难的路，也是选择一种与人生、自我较劲的生活方式。有的人选择较劲，不是因为生活没有退路，而是他们愿意将自己推到一个近乎残酷的境遇中，接受现实的淬炼和重塑，活出了新的可能性。这种可能性与幸运无关，却与不懈努力、勇气紧密相连。

这是一条少有人走的路。在此过程中，如果你能全身心地投入其中，不逃避，不计较付出，低头劳作，忍受所有的煎熬，承担一切，并告诉自己，所有努力即便白费，也不会怨天尤人，那么最终一切都会变得值得，你将获得普通人无法体会到的经历和感悟。

迷茫，也是逆境的一种。此刻，若还能选择艰难的路走，也不失为一种勇气。我们总是以为生活会永恒不变，却不知它处处都充满坎坷无常。而迷茫时选择一条艰难的路，不过是为了弥补生活中所有的缺漏，成全更好的自己。

生活最难之处，不在于你如何面对每一个当下的选择，而是在选择之后，如何坚守心中的信念，选择一条人迹稀少的路，为未知的一切努力。为此，没有后悔，也无抱怨，只是充满热爱、专注、用心地工作和生活。这或许也是人活着的意义与价值所在。一如美国建筑家汤姆·梅恩所言："难度就是价值所在。"

太容易得到的东西，终究难可靠

因为孩子读书的问题，急需解决户口，R每天从东莞跑到深圳学习。否则，孩子日后要么只能上昂贵的私立小学，要么进不理想的公立小学。前者上不起，后者又不甘心。考一个深圳户口，至少在自主择校上又多了一条路。

她是80后单亲妈妈，24岁那年，遇见了一个大自己20岁的男人。他在东莞开了一家手机配件厂，香港有家室。因为年轻、贪恋物欲、喜欢享乐，她情陷其中，无力自拔。

其间，男人对她也是宠爱有加。据她回忆，两个人感情最好的时候，风光无限，有求必应，美食尝尽，美景看遍，在澳门、拉斯维加斯的赌场一掷千金。对方也曾出钱给她开美容院，鼎盛时期，开了3家连锁店。

一开始，R觉得一切都是因为爱情。后来，她怀孕了，才知道，男人不仅在香港有正室，新加坡有一个前妻，深圳还有一个私生子。前前后后，一共有6个孩子要供养，上的学校非富即贵，光每年的学费就非常可观。

怀孕后，R想着生养孩子能挣得一笔财产，幸运的话，还有转正的可能。没想到，男人极力反对她生下孩子，否则就断绝关系。R有张明星脸，算是有点气质。她天性好强，不惜以孩子来赌气，证明自己的勇气。

生下孩子后，香港人给了她一笔钱、一栋贷款购置的别墅，后面便销声匿迹，再无联络。她独自抚养孩子，接来母亲作为帮手。后来，美容院经营不下去了，便只好关门。为了还债，R只好用汽车和一套公寓抵债。

30岁那年，她打算开始新生活，考营养师证，日后开个小店。R说："这人啊，有福载不住，也是枉然。当年因为不懂珍惜，挥霍钱财，毫无节制。现在，我的生活一切从头开始，也好。太容易得到的东西，始终是靠不住的。"

她说这些时，我透过眼神看到她有几分省悟，夹杂一丝落寞。但生活就是这样，有得必有失。所有的得到，既是诱惑，也是考验。R的人生不到30岁就享尽人世间的荣华富贵，财富、情感都来得轻而易举。但不到五年的时间，爱过的男人消失匿迹，别墅每月要还贷款，还要独自抚养孩子。这些被打回原形的生活，终究是因为先前轻而易举的得到需要承担的相应代价。

中国有个传统思想，一直讲究以德配位。一个人德不配位，即便有再多福气，没有福报承载它，也是枉然。它同时也让我想到，生活有它的规律，命运有它的法则。一个人如果毫无节制、不费气力地享受了上天的恩赐，也要警惕日后是否有能量承担它被收回的风险。

"她那时候还太年轻，不知道所有命运赠送的礼物，早已在暗中标好了价格。"这句话出自作家茨威格的《断头王后》。主人公玛丽·安托瓦内特曾贵为皇后，生活奢华，不思进取，沉迷于享乐。之后，她被送上断头台，人生的悲剧就此上演。

天下从来都没有免费的午餐，也无一劳永逸的事情。我们得到的任何东西，都需要付出代价。那些轻而易举就得到的东西，终究是不可靠的。

不但情感是这样，事业、财富也是如此。一个商人获得的财富一定与他承担的风险、付出的血泪成正比。一个身价亿万的老板，人前风光，但背后隐藏的却是残酷的竞争、对业绩的焦虑、家庭事业难以两全的悔痛……所有这些，都是代价。

一次，我和一位商人见面。他的经商之路几起几落，辉煌过，破产过，离婚过。直到老年，终于再次获得成功。他说："我年轻时，挣钱就像吃饭、喝水一样容易。后来，因为经济形势发生变化，我的事业也陷入低谷，直到破产、婚姻瓦解。我才真正意识到，人的成功有时太容易得到，反而靠不住。"

当他觉醒，从头再来，最终通过自身的努力和艰难的拼搏获得成功后，才明白了一个道理：一个人唯有克服重重困难，历经磨砺，完善自身各种缺陷，才可能真正懂得珍惜，体会苦尽甘来的愉悦。

这也是很多人喜欢做有挑战的事情的原因，他们能够在挑战中不断完善和充实自己。这么做或许很艰难，需要一定的勇气和毅力，但它最终能给予人的是踏实和成就感。

每个人的福报终有消耗完尽的一天，倘若肆无忌惮、妄自得意，最终也很难善始善终。人唯有心存敬畏、清醒地活着，才能快乐长久、幸福绵长。而那些毫不费力就能得到的东西，往往无法给人以真正的惊喜与振奋，只会滋养人的麻木、惰性、盲从与虚妄。

一个人如果过于安逸，欲望太容易得到满足，不需要付出丝毫的努力，那么他手里拥有的东西，总有一天会如沙漏般一点点从指缝中滑落。相反，那些不断与困难共处、与曲折相伴，最终穿越黑暗得到的成果，反而充满力量，能长久保持它的光和热。

所以，我们永远不要质疑自己曾经艰苦踏实、几经周折的努力付出是否值得。它会成为你日后最坚实的根基，让你能走得更顺、更远、更坚定。

在自己身上克服问题，才能成长

外祖母日渐衰老，儿女们因工作繁忙，无法长期陪伴，只能从外面请阿姨照顾她。在两年的时间里，阿姨如同走马灯地换来换去，因为老人脾气过于倔强、任性，动不动就把人给气跑了。这件事让儿女们感到非常困惑、尴尬且无力。

她的儿女，也就是我的长辈们曾善意劝解她，试图克服一下身上的问题，改改自己的性格和脾气，毕竟年纪大了，心也需要变得柔软些。可能是年龄大了，也可能是外祖母真的成为了一个老小孩，她不愿意做出任何的迁就和改变。

她的一生倔强、任性、无所畏惧，不反省也不试图改正自己。在她身上，你看不到任何心智成长的轨迹。她从小出身高贵，养成了大小姐脾气。成年后，她嫁给了我的外公，一个性情温善、极具包容和绅士风度的男人。在外公的呵护下，她度过了安逸、舒适的中年时光。那应该也是一个女人最为美好、值得眷恋的时期。

60岁那年，外公离世，外祖母随儿女们生活。她的几个孩子，家业圆满，心性善良，懂得体恤身边的人，自然对外祖母也是孝顺有加，不敢轻易冒犯。在我的印象中，外祖母的时间，似乎总是在麻将桌和电视机前度过的。因为子女孝顺，她一直不缺钱用，生活很惬意。

或许是成长背景，让她的性格滋生了很多极具破坏性的问题，但她无从觉知，也不曾改变。当她老了，很多问题开始暴露。她逐渐成为了一个他人眼中性格古怪、难以伺候的老太太。

每次回家探亲，看着她独自坐在门口，我的心里总有几分酸楚，又无法跟她说太多。一次夏天的傍晚，她在楼下乘凉，我弯腰握着她的手，试图问她："您身上的一些问题，是不是也让您吃了不少苦？"

她不回答，像个孩子一样失声痛哭。看着她，我久久无法说话，也给不了她任何安慰，只能握住她那布满老茧、血管突起、消瘦的手。那一刻，我的内心百感交集。

离开的时候，我想，她若在年轻的时候能觉察自身的问题，学会不断地修正与和解，可能年老之后，更能享受天伦之乐带来的圆满与愉悦。

也就是在那一次，在外祖母身上，我想到了人终究需要在自己身上克服一些问题，才能得以成长，比如性格、工作还有对待世界的方式。

我们生而为人，除了年龄的增长之外，最重要的应该是获得心智上的成长。当我们发现问题后，需要修正它，才能不断精进，发现更好的自己。

有一次，我和朋友发微信。她说："我对自己的要求是，今年上半年一定要努力做事，不要在舒适区待着。哪怕做事的过程中有些疏忽、不到位，也要完成规定的事情。我想去体验一下全力以赴的感觉，在约定的时间内高质量地完成工作。我还想尝试克服一些自己身上的问题，否则所谓的成长也只是重蹈覆辙。"

她的话其实也在提醒我，需要在自己身上克服一些问题，试图不断精进，才有可能获得成长与蜕变。

不可否认，这个过程往往隐晦而艰难。比如，我们习惯了舒适和安逸，就不愿意克服困难；只要客户不催促，做事拖拉敷衍就是常态；我们为了眼前的小利益，随意编造谎言；我们的内心有一种莫名的优越感，在他人面前傲慢无礼……所有这些恰恰是我们长期以来，生活、工作的习性造成的。想改，可能有难度；不改，恐怕只会让自己日后陷入更加尴尬、麻木的境地。

一个愿意不断克服自身问题的人，大抵是一个对自身有所要求和态度的人。这种态度和要求，也使得他像午后的阳光一样，光芒四射。这是一种能力，也是一种真正意义上的蜕变，更是一个人成长的分水岭。

在成长过程中，当有些问题被克服、攻破时，也是我们获得新天地的开始。毕竟，活着是为了成长，而不是如同草木般野蛮生长。

"人有两次生命，一次是肉体的诞生，一次是灵魂的觉醒。"而灵魂觉醒后的成长，恰恰来自我们需要一次次从自己身上寻找问题，尝试攻破它，从而造就更好的自己。

克服自身一些问题最大的好处，在于我们甘愿承认那个不足、有所缺憾的自己，并愿意做出改变，突破自我。我们的生命除了健康喜乐、获得世俗的福报，最重要的修行，应该是克服自己身上各种不得体的缺陷与问题。

比如，自己付出得不多，却抱怨他人对自己不够好；明明是刻薄，却说自己刀子嘴豆腐心；待人处事，不愿意注重细节；想要有好的身材，却不积极锻炼；总是焦虑，给自己制造了不少麻烦，却从来不去改善。克服自身的一些问题，就克服了那个顽固、无法自制的自己。

但凡成长，都有约束和要求，也会有阵痛与不适。所有系列的转变，如同婴儿从母体脱落的那一刻，带来撕裂疼痛的同时，也必定会塑造一个全新的自己。

有一种生活，叫不隐忍也不将就

娥在一家医疗公司工作了近十年，算是稳定的老员工。最近两年，因为90后新员工的加入，她的地位逐渐消弱，但还不至于被迅速替换。心生厌倦的时候，她想换一份工作，但想到工资不如当下，而且时间也不算自由，最后决定放弃。

娥打算在这里就这样耗下去，再做个十年时间，等有了一定积蓄就退休，去一个南方城市养老。要知道，她今年才三十五岁。在我看来，这正是一个人积极生活、工作、改变自己都不算迟的年纪。

但娥懂得核算生活的成本，对自我有清醒的认识，甘愿接纳当下的自己："家庭幸福，工作稳定，时间自由，工资还算满意。只要能够隐忍一些不如意，就算有委屈、成长太慢，也能接受。如此，算是当下妥协与安放的最优选择。"

她说这些话的时候，我想到她的婚姻。对方除了偶尔给她一些生活费外，孩子教育、家庭责任从来不管不顾，偶尔还会玩消失。近十年的婚姻，她已经习以为常。

她一直有离婚的想法，两个人反反复复好多年，但都没有勇

166

气走出关键的一步。她偶尔会在家人和朋友面前唠叨婚姻中的种种不是，虽然能够泄愤，但是毫无意义，无非是获得一些他人的同情与怜悯罢了。

有一次，我问她有没有积蓄。她说：不多，也就几万。

我又问她，离婚后孩子抚养怎么办。

她说：孩子给对方。

再后来，她又补充：对方不想离。

娥算是一个不懂隐忍，也不愿意委屈自己的人。她无法接纳伴侣对她的态度，也没有勇气开始离婚后的生活。所以，她一直处于摇摆不定的状态中，眼睁睁地看着婚姻变成了空壳。

在生活中，不少人的情感都处于这种状态：关系好的时候，两个人一起吃喝玩乐，生活乐无边。一旦有了矛盾，两个人就互相攻击，喊着要离婚，自己不得安宁，父母也没少跟着操心。苦了自己不说，也连累了身边的人。一个女人婚姻的不幸，最后全家都跟着提心吊胆。这样的人，要么是不懂事，要么就是没有独自承受事情的能力。

"一个人早期能为自己的选择做出决定的勇气，后期也应该有为自己的变数承担后果的定力与能量。选择的时候皆大欢喜，不顾他人意见；一旦发生变数的时候，就怨天尤人，显然是不对的。"娥的婚姻是自主选择的，即便家人强烈反对，她依旧我行我素，倔强而为。

当爱情褪色，婚姻中的问题矛盾不断升级的时候，她就开始怨恨，责怪自己的命不好，甚至破罐子破摔。当对方出轨时，她也通过找情人来报复。

在她看来，婚姻只剩下空壳，毫无温暖与情谊可言。

我们做任何事情，都有成本和代价。你选择了安逸，就不要羡慕他人的成就；你选择了逃避，就不要抱怨没有机会；你选择了最大一块蛋糕，就得承受最大的责任……这些都是生活的代价。所谓的鱼与熊掌不可兼得，大抵就是这样的道理。

同样，隐忍也是一种代价。比如有一个朋友，她放弃了更好的工作，决定遵从当下的生活方式，以家庭为重，平凡度日，受点小气也无所谓。毕竟，在她看来，家庭和自由才是最重要的，前途、成长和发展可以暂时忽略。

用她的话说就是："反正年龄也这样了，不愿意去折腾，不如平和地接纳当下的一切。"过早放弃自己，学会在隐忍中承担一些东西，这也是一种生活方式与选择。知道自己想要什么，也不是一件坏事。

但娥不同，她始终在懊恼、怨恨、纠葛、彼此伤害的状态下生活。这样的状态就好像蜜蜂蜇脸，疼的时候哭天喊地，但很快就好了伤疤忘了疼。

问题的关键是，她不愿意隐忍，但又没勇气选择离开，所以只能焦躁不安、自怜成灾，让生命在绝望和怨恨中度过，像祥林嫂一样天天唠唠叨叨，到最后，人们都知道她的伴侣是一个怎样的人。她自己也在这样的状态中不断磨损自我，虚度人生。

她的心早已麻木，失去了对生活的敏感。她不甘心，但又无力改变，嘴巴从来都没停止过控诉和怨恨，成天不是怪对方不够好，就是感叹自己命不好。

生活从来都需要权衡代价，用一颗果敢之心来做出选择。在你没有能力与勇气去改变，或者做出更好的选择时，唯一能做的就是接纳和隐忍，清楚自己想要什么、能做什么。比如娥，她看重家庭和自由，就以此为标准，做出了自己的选择。

活着，就是一个不断抉择、接纳的过程。隐忍只是其中一种生活形态。不懂隐忍，只会让自己的生活从一场旋涡陷入另一场尴尬。人唯有懂得放下，并以更大的胸怀去承担一些东西，才可能让自己不处于两难的境地。

世界没有绝对的完美，就如同选择很难两全其美。你选择这个，必定要放弃那个。一个人在选择伴侣的时候，可以忽略爱的存在，只在意对方的财富。这也是一种选择，因为他清楚自己想要的。凡事自己想清楚了就好，没有谁能得到全世界。本来就是一个丫鬟的命，就不要成天想要公主的范儿。

每个人都要为生活付出代价，最后遵从内心的方向。但是需要注意的是，某些选择需要有选择的资本和条件。一个在各方面都乏善可陈的人，首先不是想着怎么改变和提升自己，反而一味怨恨和不甘，这样只会损人害己。

人需要清楚自己所要的是什么，并适当地做出让步，懂得隐忍，能够承受委屈，如此，才可以让生活变得有序，内心变得平和，生活变得饱满。

你是愿意在抱怨与自怜中，将一生打发完；还是在甘愿与适当妥协中平凡度日，往往只在一念之间。

努力了，就一定会有回报吗？

与L聚餐时，他只是无意中问了一个问题，但我隐约能意识到他的担心："所有付出的努力，最终都会有好的回报吗？"

他的父亲是一位成功的商人，也是他非常崇拜的人。财富、身份、地位、人脉，给他带来了正面、积极的影响，他对世俗定义的成功充满了渴望。

因为工作性质的关系，他接触的都是在某一行业内取得成就，并有一定影响力的人。或许这些见识，也有意无意间对他产生了影响，让他非常在意一个问题：今天所付出的努力，是否能有好的回报。

记得我跟他说过，人通过努力播撒的种子，不能保证每一粒都会发芽，但总有一粒种子，它会蓬勃生长，结出果实。问题是，倘若你不去努力，可能全部的种子都会无法开出理想之花。

我们的眼、耳、鼻、舌、身、意，都在为自己撒播种子。每次撒下的种子都会形成新的记忆。只要有外在媒介作为牵引，就能和你的心源发生关联。

有历史记载，唐代的窥基法师前世是一位修行人，他再来人间，已是富家之子。他非常享受当下的一切，以至于当玄奘法师让他出家时，他很不情愿。最后，唐太宗下圣旨让他出家，他还要提条件：要有车、有酒、有美女。

出家那天，当他抵达寺院时，僧众敲钟迎接他，窥基法师听到最后一声钟声时，他前世的记忆被唤起：原来我就是那个修行人，是来帮助玄奘法师弘扬佛法的。

对于窥基法师来说，钟声就是他前世记忆中埋下的种子。这一世，只要听到钟声，他就能开启因缘，明了自己的使命。

对于普通人来说，我们撒下的种子，就是曾经努力付出的源头，机缘成熟的时候，它会自然而然地开花结果，外界任何干扰都无法阻止。

我认识一位平面设计师，她曾经参加一款产品的投标。这款产品花费了她两年的时间和精力，最后因为同事的嫉妒和外界的干扰、破坏，使得她在中标前一个月莫名被退出，没有任何解释和理由。

在接到退出通知的那个晚上，她彻夜未眠，后面好几个月的时间里都神情恍惚。两年的辛苦努力，因为一个人的干扰和破坏就全部付诸东流。她心有不甘，但现实往往就是这么残酷，一切都存在变数，不是付出了就一定有回报。

她甚至一度想到离开设计行业，转入一个新的领域。但经过再三考虑，她决定从头再来，继续参加下一年的竞标。

她依然努力工作，毫无怨言，用心付出，排除过往失败的干扰，不断调整自己，彻底忘掉阴影。结果，第二年还没等到竞标，就有大公司看中了她设计的产品，以高价签约。

"我的产品已成功签约。所有的努力都没白费。谢谢你一路的鼓励与陪伴。"她给我发了一条短信。我能感受得到她的平静，是一种历经辗转、磨砺后的释怀和明净。

那一刻，我真心替她感到高兴。在她身上，我看到了一个人的坚持与毅力、豁达与勇气。在设计路上的所有努力，就像是她一粒粒亲手播撒的种子，在机缘成熟的时候，最终开花结果。一切都是那么自然，即便外界曾经有过干扰，也没能阻止种子最后的破土而出。

还有一位朋友，她大学学的是律师专业，家里辛苦供养她，希望有一天能进国家机关，成为司法线上的公务员，结婚生子，安稳度日。后来，她不愿意听从家里的安排，跑到北京，成为了一个普通的程序员。再后来，她又读了文学硕士研究生，并开始学习写剧本。

她说，很感谢读律师专业时所学的知识，让她懂得如何抽丝剥茧般进行情节、人物设置，有逻辑地展开故事。

因为她的专业学识，撒下了思维严谨、逻辑有序的种子，使得她在叙述故事时，知道如何吸引读者的注意力，如何构思跌宕起伏的情节，如何设计人物的内心冲突。这些对于她创作剧本，提供了非常大的帮助。所以，我们永远都不要担心，自己所播下的种子是否会发芽，开出你想要的果实。

要知道，一个人种下善的因，就会得到善的果报；种下恶的因，就会得到恶的果报；种下努力付出的因，就会得到丰盛收获的果报。因缘汇聚，果报不虚，大抵就是这个意思。有时候，我们在一件事上，若自己种下无数努力的因，即便在短时间内无法取得相应的果实，也不代表所有的付出就是白费，你可能还需要再努力、再坚持一下。

对外界的干扰，你需要具备足够的隐忍和担当，倘若我们缺乏耐心，很有可能就会失去收获果实的机会。你的目标，就可能永远都只是一个梦。

种子是否会发芽，梦想是否能实现，取决于你的付出和持续不断的努力。

念念不忘，必有回响。它与法国作家罗曼·罗兰的话"任何努力决不会落空，或许许多年都会了无音讯。但突然有一天，你会发现你的思想已经有了影响"，有几分相似的味道。

换句话说，你曾经撒播的种子，可能暂时看不到任何的效果，但总有一天，你会发现，曾经努力撒播过的种子，已经在心里生根、发芽，不自觉地引导着自己的成长。潜移默化中，你已经变得与先前有所不同了。

在没有收获前，鲜少人会在意你曾经辛苦地撒播过种子，但是你需要给自己力量和信念。播下的种子，一旦机缘成熟，总会有一粒会因为他人不经意间的浇灌，就能开花结果。但是，这一切的前提是，你知道自己想要什么，不以外界各种干扰为转移，心无旁骛，埋头做事。

种子积蓄能量，最终破土而出，一定是你曾经有过甘愿无悔的努力与付出，还有可能是你具备了足够的耐性与毅力，在等待某一个机缘成熟自然开花、结果。这样的过程，就如瓜熟蒂落般的自然。

我们不只是忙着生，还要忙着重生

再次看到任静，是在一次产品招商发布会上，她已经成为大中华区的医药总代理。50岁的她，一点都不显得苍老，反而因为面部发福，越发显得精神和年轻，整个人也变得饱满起来。她笑声清脆，丝毫没有女强人的姿态。又或许是因为有了孩子，母性的气息在温暖地散发。

"你这些年是不是变胖了？感觉你的神情要比先前平和很多。"我们在会议结束后，找了一个地方吃晚餐，顺便说说话。

"我在40岁那一年，决定嫁给一个小我6岁的男人，之后生了3个孩子。现在算是安稳、幸福，我也很满足当下的状态。"

当她跟我说这些时，我一点都不惊讶。

认识任静那一年，她不到35岁。在一起时，我总是能觉察她身体中有一股非常强大的能量。只是那个时候的她，可能太年轻，或者在得到足够多的财富后，心态膨胀，开始狂妄自大，无论是工作，还是在家人面前，她都是一副强势、得理不饶人的姿态。用当下流行的话说，她的智商很高，情商却不高。也就是说，她很聪明，但并不智慧。

她说："看看现在的自己，再回头想想先前的自己，是多么的愚蠢而不自知。"

"可能当时你被外界各种物质、欲望所迷惑、掌控，自身又不具备足够的定力去承载它们，所以你的心本质上是散乱的。散乱的结果就是，生活也因为内心的无序，变得异常糟糕。"我尝试着安慰她。

"那时候，我们的事业有一段时间处于停滞阶段，每天都和前夫吵架。之后，他出轨，我开始像一个中年怨妇一样，歇斯底里，疑神疑鬼，内心不自信，缺乏安全感，便开始查手机、跟踪，甚至高价请了私人侦探调查取证。最终，还是离了婚。当时，我异常失落，也有几分不甘。"

任静离婚后，公司也跟着破产，变得一无所有。她说："最困难的时候，我只能住地下室。大过年的，周围都是幸福一家，唯独自己手里握着仅有的不到500元钱，给自己炒了两个小菜，就当是过年了。"

之后，她准备再次创业。事业好的时候，天下都是朋友，可以昼夜欢歌；一旦落难，每个人都避之不及。身边唯一陪伴的人，只有她现在的丈夫和一位她曾经帮过的女友。

他们各自出资十万，在最为艰难的时候，帮助她重新创业。如今，一个成为了忠实的伴侣，另一个则成为了公司的大股东。而任静也因为生活的磨砺，开始了剧烈、拉扯式的成长，宛若获得了新生。

坐在我面前的任静一脸平和，长相普通，骨子里却透露出大气与慈爱。她说："若人生不曾经历如同龙卷风式的袭击，我可能还是先前的那个自己，刻薄、自私、自以为是。那样的生活真是如同噩梦一场，那样的自己也实在不可爱。"

我听了很是欣慰："我就觉得现在的你异常可爱。虽然青春不再，但经历让你成为了更好的自己。人活着，不仅仅只是随年龄的增加而老去，而是在这样的过程中，获得阅历、体悟与真正意义上的成长。"

现在，任静的心性如同湖水般平静，也能容纳很多东西。她与前夫的关系也得到了缓解。前夫结婚的伴侣，还是她张罗的。

一个女人活到这个份上，体现的不仅仅是内心的慈悲和温善，更重要的是，她懂得并学会了如何聪慧地改变自己，去包容、谅解他人。

一个经历生活种种磨难的人，若能在此过程中提升自己，那么，她获得的能量也将是巨大的。所以，我们也就不难理解，为什么任静后来与小她6岁的男友结婚，并以高龄产妇的身份，生养了3个孩子。家庭的美满，也让她的事业再次达到高峰。

索达吉堪布在他的一本书中谈到人世无常的真相："在我们的人生中，唯一不变的，就是什么都在变。位高权重的，会一落千丈；生死相许的，会势同水火；合家欢乐的，会曲终人散……变化会带来痛苦，这才是'人生皆苦'的真谛。"

有时我会想，既然人生有这么多的无常，我们为何不就在无常中修行呢？无论外界如何变迁、痛苦、不如意，只要内心懂得如何自我疗愈，不断给自己开"药方"，获得新的开始，何尝不是另一种成长呢？

从某种意义上来说，苦难也是一种加持，让你的内心获得真正的觉醒，得到前所未有的改变。

当我们在遇到难以越过的坎时，你是否想过，是谁在给你源源不断的动力？家人、朋友或者良师？他们可以给予我们陪伴或者安慰，但最终经历风雨看到彩虹的，只能是你自己。要做到这一点，你要有一颗坚忍的内心，拥有勇敢及百折不挠的品质。

在现实生活中，我们经常可以见到一个人的成长与巨变，往往就是在很多磨难中实现的。因为苦难降临到我们头上时，会逼迫着我们不断往前走，从而发现新的天地。

我们的意志力与心性的豁达也在此期间，如同铁器放入火炉，不断淬炼，敲打出新的模样。

我父辈的一位好友，为人非常和善可亲，可惜好人命不长，不到50岁便离世。当时，他的儿子年纪尚幼不懂事，父亲曾有意帮他，但他年轻心性不定，好高骛远，难以稳定。直到有一天，他的父亲因病去世，他需要肩负家庭的重任时，才开始成长。

如今，他儿女双全，颇有财富，算是获得了世俗意义里的成功。有人说，他都40多岁了，获得一定地位与财富理所当然。但我想，若他不懂得自我成长，很可能现在依旧如其他人一样，过着如他父亲般平庸的生活。

从这个意义上来说，他无疑是一个懂得从苦难中获取养分的人，从中滋养自己，获得了成长。

而有的人，无论经历怎样的世事变迁和磨难，始终都是一个模样在生活，该怎么过还是怎么过。经历对他而言，毫无意义。最大的不安，可能就是事情发生时的迷茫与痛苦，事后一切都会忘到九霄云外。

所以，我们看到，有些人历经苦难后，获得了不一样的自己；而有的人，终其一生，似乎都在沉睡，无论外界发生怎样的事情，都无法唤醒他。

荷兰心理学家弗兰克尔说："因为生命的意义在每个人、每一天、每一刻都是不同的，所以重要的不是生命之意义的普遍性，而是在特定时刻每个人特殊的生命意义。"我想他所说的那个特定时刻，应该是生命对我们提出的质问与考验：是剧烈撕扯成长，承担自己应有的使命与责任；还是停滞沉沦，就此消磨时光、辜负人生？

所以，当生命抛给我们问题与困顿的那一刻，也是我们真正觉醒与自我成长、获得重生的契机。当你走过漫漫人生长河，历经各种艰难后，你或许能真正懂得，人的双脚走得越远就越有力，你获得改变、自我完善的可能性，也就会更多、更大。

如此一来，人生或许不仅仅只是忙着出生，或者赶着赴死，而是在生死之间不断成长。要知道，活得明白，往往与年龄无关，而与经历息息相关。而在所经历的过程中，我们不只是忙着生，还要忙着重生。

第五章

世间热闹，大多与你无关

世间热闹，大多与你无关

　　L是在上个世纪70年代中成长起来的人，心性内敛，颇具才华。虽然他在单亲家庭中长大，但并没影响他看待世界的方式。他好像从小就有一个自己的世界，长大后同样如此。在做好本分的同时，他还能善待自身成长，性格明朗、开阔、无私。

　　外界诸多热闹，在他关注的范围内的，只是寥寥。大多数时候，他都是站在旁观者的角度，客观、真实地看待这一切。外界的热闹有十分，在他看来只有三分。

　　那天，我跟他说，你知道谁谁谁吗？他说，不知道。

　　我再说一个人的名字，他还是不知道。

　　我说的都是当下在某一个行业非常有知名度的人。他的回答，也并不让我感到诧异，只是再次确定了我的想法：世界的热闹太多，大部分与自己无关。

　　这的确是一个喧嚣不止的时代，交际繁多，信息过剩，让人应接不暇。我们终究没有太多的时间和精力去关注外界的热闹。

　　在很长一段时间里，我看公众号的文字，也只是固定的那几个人。有因文字结识，成为了可以说话的朋友；也有不熟悉的写作者，但我一直都在看他们的文字。他们让我觉得钦佩，有深厚的文字功底，却游离于时代之外，一直保持清醒的头脑。他们是直接或间接参与过我内在精神成长的人。从本质上来说，他们就是与这个世界保持一定距离的人。

我也不怎么看朋友圈，偶尔打开，各个地方的人在频繁地更新自己的状态。我在北京一个偏远的郊外，似乎看到了全世界，热闹得让人觉得有点恍如隔世。我只会不定期地看几个人的动态，他们是我愿意付出时间的人。

在朋友圈里，有些被美图秀秀美化后的各种自拍、生活瞬间，更像是一种展示。那一刻，每个人都似乎成了明星，光鲜亮丽，完美无瑕。不知道为什么，我通过那些图片，似乎总是能感受到背后的空虚与不安。

我的朋友里有智者，也有一些功成名就的人，却很少见他们发朋友圈。或许，他们才是保持克制与理性，对自己有清醒认知的人。又或者，他们觉得人应该把时间浪费在一些有意义的事情上，而不是靠刷屏找存在感。

有些读者加过我的私人微信号。后来，我发现他们大部分并不是真正的读者，只是想凑个热闹。再后来，我发现这些已成为一种干扰时，也学会了不定期清理。

经常听人说，自己的私人微信号有几千好友。真是一个让人觉得累赘的数字。那么多的人，又有几个是跟自身有关、让人印象深刻的人呢？

我越来越发现，参与及影响我们生命成长的，不过几个人而已。他们有可能是熟悉的朋友，也有可能是对你的人生产生重大影响、提供过帮助的人。因为天各一方，没有多少联系。见或不见，又有什么关系呢?

人的表达一旦过于强烈，就会失去关注、联结本心的意义。就好比，我经常会遇见一类人，他们会认识各种有名气的人，想尽办法加他们的微信。我偶尔会参加一些活动，看到很多人，排着长队，只为和名人合张影，兴致盎然。

L说："可能，那只是一小拨喜欢凑热闹的人。这个世界热闹不断，但最终，与自己相关、能发生关系、产生影响、印象深刻的，不过只是很少的一部分而已。不过一些人、几件事，其他都会如烟云，过眼即忘。"

最近这两年，我有不定期清理通讯录的习惯。

人到了一定的年龄阶段，就应该要严格控制、筛选自己关注、交往的范围，因为精力和时间都会慢慢变得有限。我对交友的克制，来自内心的寡淡与疏离。又或者，我不需要太多各种各样的人来满足内心。

清理与遗忘，让我更加专注，不敷衍，不浮光掠影，也不左右冲突，最终老去，获得心性的联结与觉知。

"我看了看去年的笔记本，删掉了十六个名字，今年的笔记本又删除了二十二个。删除的名字比剩下的更多。换笔记本的时候，也会填上新的名字，当然数量有限。"法顶禅师说，他这样做，只是为了让自己的人生半径尽可能地缩小。交友也是为了弥补自身的不足，而不是因为时间多得无法消磨。世间很复杂，但生活可以很简单。我一直都觉得他是一个非常智慧的禅者：说简单的话，做简单的事，过简单的生活。

在多年生活中，我一直在不间断地书写。它已经成为我精神生活的一部分。首先满足自己，其次解决很多内心的问题，最后才是其他。这样的过程看似孤寂，但很多时候亦是一种清简，所需要面对的人、事日益减少。

为此，我更加懂得生活似溪流静淌，应遵循自然，不必过度担心它的方向和出口。而我所做的事情，有所为，亦有所不为；有克制，亦有随遇而安。

我十分清楚，这样的生活凸显了人性的疏离，或许没那么热闹，有些甚至在外界看来，是一种后退。但我还是那么固执地相信，这是我最为自在的生活方式，它剔除了书写本身的意义，只为内心的开花结果。或许，在不断成长的过程中，人就能如破茧般获得重生。

人真正的生活是内心生活。具备这样生活特质的人，注定是要与孤独有着某种微妙的联系的。一如作家陈染在她的书中写道："这个世界上大多数人是用脚趾来思索世界和选择道路的，如果有人偏要用头脑和思考选择道路，那么就应该承担其不合潮流的孤寂。"

泰戈尔说："外在世界的运动无穷无尽，证明了其中没有我们可以达到的目标，目标只能在别处，即在精神内在世界里。在那里，我们遇见我们的上帝。"

如果人的记忆足够长久和可靠，所有凭借真实的回忆造就的书写记录，无疑将是我这一生中最美好的回忆，也是内心觉醒的开始。尽管这种开始是以漫长的孤独、远离热闹为代价，而我也甘愿以此作为支撑交点，与世界平静交谈。

在这个嘈杂的世界，我唯一能做到的是：有毅力地保持内心的秩序，听从心的声音，让它们如同清泉不停流淌。

如果你足够清净，时间就是筛子，它会很好地帮你筛掉一些人、事。那一刻，外界的诸多热闹都会与你无关。每个人，都应该以郑重的态度对待自己与这个世界的关系，人与人、人与事，需要缘分构建、关系对等。如此，你们才肯愿意为彼此付出时间。而这一切，终归会因为稀少、甘愿，更值得珍重。

世间热闹，大多与你无关。

"花朵里含着蜜，不用声张，蜂群也会自己飞来。"但愿你我能随着年龄的增长，隔离五欲六尘，拥有智慧处理问题的能力。

年龄给你的礼物

"到了四十岁以后，我的内心变得更加包容，这是年龄给我的礼物。如今，观看人世间的视线也变得柔和了些。岁月在我的眼角留下细纹的同时，也透露了我的年龄，这样的我看起来一点也不陌生。偶尔在脸上看到母亲的影子时，反而有种安心的感觉。"

在我读到的一本传记中，作者这样记录年龄变化的印迹。我想，这应该是一个女人历经人世诸多的艰难与磨砺之后，令人欣慰的一种成长。内心的安静，让人更加豁达、笃定与智慧。

偶尔，我会审视先前的照片，再看看现在的自己，除却笑容依旧清淡，嘴角由先前的倔强变得更加平和，眼神也多了一丝温暖，整个人也更加趋向宁静。这样的成长，让我也觉察到了心性的释然。

曾经的我，那个一脸无邪、心如散沙、腰部纤细的姑娘，如今已为人母，身体骨骼不断发生变化，面部饱满，由内而外发生着巨大的变化。这些变化，是命运在被动选择后出现的，一切不在我的预料之内，一切又似乎冥冥中早有注定。

友人说："以前你是带刺的玫瑰，很难靠近。现在更像一粒珍珠，通透，颇具质感。经历是最好的雕刻家。它逐渐在将你雕刻成更好的自己。"

我淡笑，不知如何回答他。

现在的我，除却面部变得温和饱满外，文字也日趋平和通透。想想年少时，喜欢强说愁，呓语不断。那个总觉得落寞无助的孩子，如今已真正将孤独视为智慧的开始。

至于心，越发随遇而安，城市生活于我只是有几个好友，有喜欢的工作，吃住安稳就好。对于外界，不觉得有什么可以争的，也不会急切过问。开始相信尽人事、听天命，万物都有定数，一切都要看机缘。

以前不相信的很多东西，现在已经信了。比如时间、缘分、人世无常。这份相信，让人多了几分从容与淡定，也多了敬畏与自知。

每天的时间，不需要钟表来提示。天亮起床，每天完成固定的事情。专注工作后，心性带来的愉悦与轻松，无以言表。即便独自一人，时间也能如深流静淌。这些让我变得更加自在、清净与充实。

心有方向，力有支点。在大事上，能做到心静如水；在小日子里，也能如鱼得水；抛开物质带来的满足感，精神上的自由更让人心安，更能获得智慧与定力；只做自己喜欢的事，见想见的人，完成自己在这个世间的责任与使命。

在这个过程中，没有尔虞我诈，不争强好胜，也不会面红耳赤，大动干戈。一切事情，用心去做就好，无须向外界大肆讨好与宣告。时刻警醒自己学习的重要性，无论任何年纪，都要保持阅读、书写的好习惯。这是一种自我梳理与对话的良好契机。

我通过它们，一步步认识了自己，并不断获得新的成长。内心并不缺乏安全感，也没有被欲望和诱惑所掌控；心变得规律，不再散乱，能够承载生活的变迁。

我非常喜欢当下所从事的工作，也爱着身边每一个与我有过交集的朋友；还有我的孩子，他是我灵命之上的又一个独立的生命个体，也是一个可以与我陪伴、交流到老的灵魂，我们相互成长、温暖与扶持。他是上天的安排，在彼此陪伴中，我们不断发生着诸多的心灵感应。所谓灵魂相通，大抵就是如此。

这是我所得到的。那失去的呢？撕心裂肺的疼痛，陷入绝望与痛苦的深渊，承受住了一个生命的离开。

十年倏忽而过，时光冲淡伤口，愈合的同时，亦换得了勇敢与坚毅。

在此期间，我的身心获得了最好的蜕变。它们长出新的翅膀，让生命有力，曾经的柔弱无依，如今换得清明、豁达的气质。一切都如此值得感恩。

我承载过生活给予的无常，当年龄与岁月不断增长的同时，我显然已经具备足够的力量，去独自托举一些更大的波折与风浪。在生活中，我尽量不给他人带去麻烦。珍惜与敬重，是对惜缘的最好告白。

我甘愿将最好的，哪怕是自己当下所喜欢的东西，分享给我生命中出现的有缘人，是他们在丰富我人生内核的成长。通过分享，我看到了那个对外界之物不再执着并逐渐放下的自己。这些让我内心愉悦。

我不需要用大量昂贵的保养品、注射玻尿酸来保持年轻与美貌。我相信一个人的内在气质与涵养，胜过很多其他的东西。出门见人，只用简单的胭脂、口红。这是一种礼貌，以示尊重。在家保持素颜，着装简洁就好。

我越发觉得，自信比美丽更有气场。人不需要在装扮上花费自己太多的时间与精力。

人生有太多有意义的事，需要你花时间去探索和尝试。我想沿着这样的轨迹走下去，从而让自己的生命、心性越发通透，定力具足。

那时，即便容颜日渐衰弱，也无任何惋惜之情。我想，最重要的应该是，在此期间看到了自己的成长。

我感恩一切所谓好的、坏的经历，是它们，让我变成了现在更喜欢的自己。我也非常庆幸曾经那个独立、纯粹甚至有一点点幼稚的小孩，依旧在自己的骨血里保留。

我一路向前，对事，心无旁骛；对人，心无芥蒂。我以纯真生活，未曾想过辜负他人，而他人也待我如珍宝。

这一路，我将心打开，未曾遇见过所谓的坏人，也没有所谓的怨怼仇恨。我所看见的光永远都是那样明净温暖；所遇见的人，始终都是善良、真诚的。

对于过往，毫无疑问，我生命里记忆的，全是他人的好。至于年龄带来的礼物，是不断克服事情的能力、安忍的力量，不断创造新的希望。

偶尔我会想，有的人来到这个世界为名、为利、为情爱。而我来到这个人间，六月从母体意外脱落，童年被呵护娇宠，年少开始被厚爱关照，也被无常袭击，好在始终心存感恩，有勇气不断往前走，最终只为欣赏一场壮美、静谧、真实的日落。

但愿我终其一生只做一件事，并不断通过所做的事，自利、利他。因为我逐渐理解了，经历就是一场灵魂的远行，它的回归与赴宴，只是为了让我的人生在不同的体验中，觉知生命与人性之美。

时间是伟大的魔术师

二〇〇七年初，我通过写完一本私人小书，完成了对悲痛的早期疗愈。我需要学会重新规划自己的生活，让日子好过一些。我书写、阅读，让自己变得充实，不再让回忆与悲痛时常占据大脑。我决定开始跑步。

早起对我来说，已经不是一件很难的事了。那一年的十月之后，很长一段时间，我都是在凌晨四点多醒来，有时候在床上坐会儿，看看书，天就亮了。简单洗漱后，出门跑步。

房子后面是一座小山，我就在山林劈开的小道上跑步。深圳天气闷热潮湿，尤其是夏天，山林中有大量蚊虫，所以必须穿好长衣裤。

一个人在山林中独自来回跑步，身体的汗液一点点流出来，心跳的声音异常明显。偶尔会听到几声鸟鸣，丛林里散发着青苔、树叶的清香。自然的声音和味道，让人身心轻松。

很快，阳光穿透了山顶的密林，光影斑驳，直射地面，形成了强烈的光照，城市里各种机器声微弱流动到山顶。那一刻，恍如隔世。

时光让身心发生了微妙的变化。我在此期间，清晰地感受到了曾经那个如同大众享受世俗生活、习惯了温暖与无邪的自己，正在逐渐变得坚固、封闭、孤苦，内心就像在山林被阳光照耀的影子，飘忽、疏离不定，以至于在人群中丢失东西也无知觉。

那是我早期跑步的记忆，丛林、湖泊、天空，自然的能量给予了我安静与壮美的气息。跑步结束时，我习惯在山顶停留一会儿，欣赏景色。山下有一个巨大的湖泊，湖面一片金色，光芒万丈，波光粼粼；天空蔚蓝，云朵移动；空气中传来寺庙里的梵音。这样的时刻，让人迷恋。

没多久，我转身离开。下山的路陡峭笔直，我一步一个脚印往前走。回家的路缓慢，但有力。我开始清洗、梳理自己，准备新一天的生活与工作。

形单影只，穿入人流中，身边的男男女女，充满青春活力，我始终无法掩饰内心的悲伤与绝望。我的人生开始被推着往前走，也开始得到前所未有的成长。

秋天，回家探望亲人，在武汉一个湖泊的小道上跑步，我突然想到：如果我的生活不曾发生事故，现在的我可能依旧如同他人一样，盲目地去各地游玩、拍照；看没有营养的信息打发时光；不断购买、堆积物质，只是为了满足欲望，弥补空虚。人的一生，就这样被辜负，该是一件多么可怕的事。

明心见性，使我逐渐意识到要成长的方向。我深知，因为业力与成长的不同，每个人在这个世界上走一遭，它所需要完成的事情、承担的责任也会有所不同。而我，可能终究只是那个以文字作为灯光的人。我需要用行动来充实自己，让心灯一点点明亮起来，找到未来的路。

我通过写作这件事，觉察到当下的情感、思想及念头，最终以行动呈现。这样的过程，需要我剔除杂念，专注于当下的那一刻，通过反复做一件事，达到极致的状态。这样的过程肯定有难处，但它能让你的思维变得清晰。想走怎样的路？如何走？走到何种程度？慢慢地，你就有了答案。而留下的脚印，就是一个人的内心历史。

一次，曾有人问我，你写作是为了分享，还是为了自己？我没加任何思索，回复他："利他，以文字结善缘。"我的生命走到今天为止，精神与人格意义上的充实与完善，远远超越了任何其他。

32岁之前，我为工作、金钱、游玩而存在。之后，便决定在漫长的余生里，只过一种精神生活，寻找新的自己。

我们活在世间，所从事的每一件事，最终只是为了精进专注，不去比较，并做到你所认为的极致，这是每个人所需要修行的道。

我当下行走的道，就是拥有简单的心和简单的生活，让写作更精进。这也是我唯一与外界、他人互动的形式。

我日复一日，在寂静的房间，孤身一人敲打文字，反复修改，未曾失去耐心。之所以这样，是因为自己的身体里有无数需要倾诉的言语，那是来自灵魂深处的渴望，也是对天地之灵命的告慰。

重要的是，我通过文字联结了与读者与外界的关系。所有来自心灵的冲击与碰撞，在读与写中产生。是流动，也是回应。

诗人佩索阿说："我为什么要担心没有人读我的作品？我写作是为了遗忘生活。"他如同在写我自己。而且，我暂时无法忘却这样的写作初心。

我始终保持自制与清醒，远离外界种种热闹、干扰与诱惑，只是为了获得灵魂的坦途，在封闭的空间做开放的交流，遵循内心的声音，向头脑寻求支撑，反省自我，让思维散发后的文字联结外界、你、我。

因为写作带来的额外所得，是意料之外的事，这是上天赐予的福报，我珍惜、心怀感恩的同时，也更加要求自己，保持冷清与敬畏地善待每一个交付出去的文字。

对生活，不定义，不做作，不急于求证明与答案。相信时间会给予每个人足够的公允。

"时间是伟大的魔术师。"心灵导师拿破仑·希尔认为，在时间的洗礼中，我们会遭遇外界各种"障碍"的处境与困顿，应该尽力将它转为"福气"。而在这期间，我们需要做的事，就是"对人生境遇的无穷变化保持警觉"。

慢下来，比较快

因为工作的关系，接触了一些人，我很明显地感受到他们的内心过于功利和急迫。而我始终本能地抗拒所有急切的表象，相信欲速则不达。

一个人，无论做什么事情，如果开始时内心不够明确坚定，最终很难会有好的结果。就如同搭建房子，没有牢靠的地基，就建不成高楼大厦；一个手工艺品，想在上面雕刻精致的图案，没有合适的材料和耐心，便难以体现它的美；一个人，倘若能以客观的心态对待事情，既在乎结果，也注重过程，那么他无疑是从容的，做起事来就能有条不紊。

在生活中，所有的过程应该是缓慢而坚定、持续而有序的。浮躁喧嚣的社会，滋生了八面玲珑、急于求成的想法。很多时候，我们不是过于功利，就是急于求成。

我们总是想着走捷径：获取信息时，想以最快的速度了解最多的内容；种植蔬菜瓜果时，为了让它尽快成长，会施播各种肥料，不管时机是否恰当；养育幼童时，才牙牙学语，就让他背诵唐诗宋词，再过几年，正是玩耍的阶段，又要他去学数学和英

195

语……拔苗助长，最终往往会适得其反。

世间琐事，往往会因为过于渴求和急切，从而失去了淡定与严谨。中国有句古话说得好，"磨刀不误砍柴工"，佛法里也有一条教义，"诸法因缘生"。我将它们理解为，所有的事情从开始到结束，它都有自己的过程，要遵循一定的规律，来不得半点虚假和慌忙。

我从来都不否认，一个有想法、态度积极向上的人，内心对于美好的追求，但一个人若不遵循规律行事，就是一种妄想。我喜欢低头劳作，其他的交给时间去处理的姿态；也喜欢种下一朵花，耐心去等待它绽放的那一天；更喜欢静水深流般的沉稳与踏实。而所有这一切，需要的是用心，以及一颗不浮躁的心。用这样的心态去待人接物，就会多出几分真诚。

在生活中用心观察就会发现，所有太过于急迫交往的情感，往往凉得最快，散得也最决绝。这样的情感，要么是没有智慧与耐心给予彼此了解的时间，要么无法做到宽容对方的缺点，而各自放弃。比如，刚刚相熟，没说多少话，就有高山流水遇知音般的感觉；没接触几天，就以为找到了一生最爱……如此看似毫无距离的急迫情感，最后往往都会成为彼此埋怨、遗忘、讨伐的对象。反而是那些克制、理性的关系，始终能给人以信任和亲切感，最后获得长久而真挚的情谊。

有些事太急迫了，反而会受到牵制。然而，希求在某种程度上也是一种执着，它会消耗很多时间和精力，最终却徒劳无益；有些人，带着目的、心急火燎地去交往，这样得到的关系，往往不稳固，也容易失去。

在生活中，好汤都是小火熬出来的，最浓稠的粥也是慢火煲出来的。有人愿意用十年的时间沉淀，完成一本书；也有人可以用一年的时间去了解一个人，看是否能成为朋友；还有人用了一辈子的时间，只为做一件在外人看来无用的事。

日月从来都是静谧交替，时光也是不疾不徐地流逝；大浪淘尽黄沙始得金，岁月铅华洗尽终不悔。在这样的时光中，沉淀、磨砺、等待，人生终归会得到洗礼。一个人若心有方向，慢慢来，一切还来得及。人最怕的是没有方向，难以在一桩事、一个人、一件物上持续投入时间和精力。

木心先生有首诗："从前的日色变得慢，车、马、邮件都慢，一生只够爱一个人。"想想当今，一切似乎都很快，快到没有时间去发现一片树叶、一滴露珠的美，快到灵魂跟不上肉体的脚步。我们不再以自我为标杆，而是以外界为目标；我们的记忆与情感，今天这般，明天那般，是如此的热闹与短暂。初心恍惚，难得始终。最终，我们拿起的都是很多无望的事，放不下的也是太多无力的情与物。

走过小半生，我越发相信，一切人、事，历经时间沉淀和洗涤后，留下来的未必是最好的，但一定是最合适的。我提醒自己，方向在彼岸，心无有挂碍，然后，慢下来，一切可能都会刚刚好。

歇一歇，可能会遇见幸运

　　一天，我去银行办事情，人少，大厅里非常安静。要是平时，我可能办完事情就走。但那天我刚刚写完一篇文章，觉得有些疲累，便决定在大厅的沙发椅上坐下来，休息一会儿再走。过了不到五分钟，工作人员拿了钱包过来，问是不是我的。

　　那几天，我刚好有一件棘手的事情要处理，脑子太过于专注，以至于丢东西了也毫无察觉。

　　有时候，一些外在的迹象，呈现的可能就是身体机能的变化，需要引起注意。事后我想，幸好自己坐下来休息了一会儿，否则钱包丢了都不知道。

　　这件事也让我联想起多年前的自己，在人海茫茫中，像个机器一样麻木地工作、挣钱，未曾歇息，内心和身体长期处于疲累无知觉的状态中。直到有一天，我决定暂停工作，开始关注内心的成长。

　　我开始旅行。我从深圳出发，其中有一站是双廊。在那里，没有工作带来的压力，也无人际利益带来的应酬和喧哗。在一个陌生的地方，偶尔想一些自己在生活中的问题，以及接下来想要完成的事情。那段时间，印象深刻的，是几家现代艺术氛围极其浓重的酒店，还有一些特色小店里的服饰。傍晚，落日余晖洒满海面，我趁着夜色看灯火乡村、苍山洱海、各色面孔。在那片宁静的土地上，人们依旧保留了原始生活，淳朴且静谧。他们劈柴、捕鱼、摇橹船，住的房子是旧式门庭，门口一株百年榕树。尘世的喧嚣，世间的热闹，荡然无存。

在那里，我还拍过一张90多岁的老奶奶的照片。她用白巾包裹在头顶上，一张布满皱纹、慈祥沉静的面孔，看似普通，实则沧桑有味。她坐在海边吹风晒太阳。告别时，我给她看照片。她微笑，顺便抚摸我的手指。她的手臂虽然纤细，但很有力量。

我看到了人们极低的物质欲望，每个人脸上都充满热情，内心却安静、淡定。在城市中却截然相反，似乎每个人都在为权力、名誉、利益所争斗，甚至为此可以放弃很多东西。

在那里的一段时间，我也想清楚了一些问题，心灵得到了歇息，似乎变得更加轻盈起来，身体也感觉不到疲累。回到城里后，我又做了很多清理的工作，扔掉了一些没必要的身外之物，也更加明确自己日后的生活状态——穿民族的服饰，若无必要，不会化妆，香水也几乎不再用到。

也就是那段停歇的旅行，让我的人生态度以及生活方式开始发生明显的改变，变得越发简单、清朴。我的生活路径越发扩大，人际交往却尽量做到精简。生活中能做的事，也只是寥寥几件，做好它就行。我想通过这样清理生活的方式去整理自己的人生，过真正属于内心的生活。

如果说前半生是为生活奔波劳累，以失去自我为代价；那么后半生，我希望在没有牵绊的状态下，酣畅淋漓地过自己想要的生活。遵从内心，享受它带来的自由；感知身体，联结当下所想要的状态。来自精神上的颠覆与洗礼，让人越发清醒和踏实。明确方向，关照内在。我决定尝试并坚持这样过下去。

　　而我的另一个朋友，同样如此。她在36岁之前，为家庭、事业、孩子奔忙，还遭遇了亲人的往生。她心力交瘁，精神瞬间崩溃，她觉得自己累了。一个人的焦虑与无助，很多时候会在某个节点爆发出来。当身心失调、意识到问题严重性时，她决定慢下来，开始新的生活。她学瑜伽，参加了营养师考试。

　　在学习瑜伽的过程中，她通过打通肢体关节，也打通了内在。有一天，在练瑜伽的时候，她脸上的汗水和泪水融为一体。流泪，有时候也是一种疗愈，它能刷洗过往生活带来的委屈与疲累，释放无处可释放的压力。那天在回家的路上，我给了她一个拥抱，看到了她长久以来的微笑，温暖而平静。

　　事后，我对她说，我们当下所做的一切，好像毫无意义，甚至没有任何价值。曾经，我们是如此在乎短期的利益，从而忽略了内在成长和真正所需要的生活。如今，我们在歇息中，感受到了内心的需求，以及精神层面带来的力量。

　　我想，这应该是人需要停歇的意义所在。在某种程度上来说，它是另外一种幸运。现代社会，人们处在奔忙无序状态中，往往忽略了对内在和成长的探索。我们有多久没给自己一点时间？我们的欲望在得到了满足的同时又失去了什么？我们已经消失的初心，为什么很少能察觉得到？

所以，作家詹姆斯·艾伦说："人的精神世界是无限的，有无限意义的事物才可以让人的精神得到满足；只要一个人还游荡在渴求物质享乐的梦幻之中，苦难的重负就会继续压在心头，悲伤的阴影就会一直笼罩头顶；只有在他回归内心的不朽状态后，这一切烦忧就会散去。……人的精神下界，应该像山脚一般，遮掩在山谷的雾霭里；人的精神上界，亦沐浴在无云的霞光中；而人类生活的主题，总是与寂静相伴。"

在我看来，一个人内心精神的展现，都需要在沉默而温和的状态中表达，传递出来的气质有如山谷般幽静、天空般肃穆，亦应该有如海洋般深邃、宽广。我们所有的生活唯有遵循自然规律，才有可能复归本源。

要相信，每个人都有自我愈疗的本能。偶尔发现自己迷失了、累了，不妨歇息一下，放慢脚步，等等灵魂。

依然怀着期待，走在路上

我在旅途中见到她。那晚的居所，是部落里的一座小木屋的阁楼。狭窄的木板楼梯，踏上去会发出咯吱的响声。在夜色里，我小心翼翼地走了上去，昏黄的灯光蒙着一层细微的灰尘，墙角的四周挂有明显的蜘蛛丝。可能长久没人入住，里面闻得到一股发霉的味道。

推开腐朽的木窗，清冷、皎洁的月光照了进来。白天，清新的空气从旷野飘进来，会看到大片在风中摇曳的花草、金灿灿的晚霞，还有一群荡秋千的孩子们。他们烂漫的笑声，在空中荡动的身影，让人心生美好。

沙腰妹是这些孩子中最为出众的一个，眼眸清澈，长发黑厚，睫毛浓密，身材婀娜多姿，仿佛为舞蹈而生。

我将镜头对准她，那个纯善、对自己的美不自知的少女，让人欢喜，心被融化。我不自觉地靠近她，抚摸她的脸，并弯下腰去，将镜头记录的样子给她看。她只是露出了含蓄而羞涩的微笑，有一种超越年龄的成熟。

5月出生的沙腰妹被当地部落认为是某种不吉祥的事物。亲人和整个家族认为她来世会给他们带来灾难和祸害。一个不被善待的生命，承载着种种压力，依旧在世间竭力绽放。

在一个天空布满金色晚霞的黄昏，她一直跟在我身后，我问她是不是有什么事。她邀请我去她家，我欣然同意。

简陋的瓦房，破旧的桌椅，唯一的电器是一盏发黄的吊灯。她和年迈的爷爷相依为命。父亲在她3岁的时候，将她和母亲遗弃。母亲在她6岁那年离世。如今，她16岁，已长大成人，脸上流露出少女的清秀和通透，眼神有着一股倔强的坚定。她如同野草一般蓬勃生长。

因为生命中被动的选择，她从小就承担着同龄人少有的经历和沧桑。所以，她身上有着一种与众不同的气场吸引着我。我问她，想不想跟我一起去城市看看。

她说，爷爷尚且在人世，需要照顾，也许以后会出去。看得出来，她有自己的愿望，想看到更为遥远和精彩的世界。

离开的那个晚上，她跳了一种原生态的舞蹈，舞姿曼妙，自在飘逸，与天地相互呼应。那样的舞蹈和笑声在黄昏的衬托下，显得异常空灵美丽。她的声音和影子形成一种无形的力量，回旋于古老的部落中，似乎也穿透了部落的河流和山谷，通向了一个更为宽广的世界。

那一刻，在一个原始而落后的部落里，一个自带光芒的少女，正憧憬着未来的模样，是如此的热情、善良、美丽。

我给她拍了很多的照片。那个晚上，她满心欢喜，迟迟不愿意分别。临走时，我将手上的两条手链摘下来，她选了一个白色的，我留了一个红色的，算作我们有缘相识的一个微小纪念。

后来，回到城里，我给她寄过一些衣物和书本。她托人给我带过一封信，用黑色签字笔所写，字迹清秀，有涂改的痕迹。她送给我一套手工编织的瑶族服饰，上面有白色银片和细长的流苏及老旧的绣花图案。我一直将其完好地叠放在衣柜的最底层，将它作为艺术品来欣赏和留存。

再后来，她跟随艺术团到深圳演出。我请她吃了一顿饭。

时隔几年，她已变得大方得体，气质出众，眼界也开阔了不少，但骨子里依旧保留着最初的朴素和真诚，眼神始终透露出某种孤寥与清冽。她兴致盎然，眉飞色舞地给我讲了一些在各地演出时的趣事。

那个美丽、聪慧的少女，已经实现了自己的理想，并非常享受现在的工作。我从心底为她祝福，希望她能获得长久的吉祥。

有一次，我们在城市的凌晨分开，夜色霓虹，我拥抱她，她脸色红润，笑容温暖动人，像一幅油画。

我们挥手，就此别过。

再有她的消息，是第五个年头。新闻中报道，她所在的艺术团在去东南亚一个国家的演出途中出了车祸，沙腰妹成为了不幸的那一位。那一年，她不到25岁。

好长一段时间，我的心被抽空，眼睛时常模糊一片。后来，我开始读经，总记得回向给她。祈愿她能在另一个世界，依旧灵动地舞蹈，心如琉璃，笑似银铃，再无贫苦与不幸。

"她站在巨大的湖面上舞蹈，洁白的裙纱包裹身体，笑靥如花。天地寂寥，我和她说话，无回应。很快便消失，我醒来，是梦中。"这么久了，我始终都觉得她是我见过的最为美好的部落女子，也是我见过的最为漂亮的沙腰妹。

她还有一个好听的名字：慈玲清娜。

班车整夜行驶在高速路上，外面疾速晃过的路灯和大片漆黑的夜空相交替换。夜已经深了，四周很安静，只听得到发动机发出的响声。汽车承载着同路的人，从异地到达彼岸。同样的路，相同的旅程，在陌生的空气和人流里，心境却早已千差万别。

窗外，夏风清凉，一片深邃的黑夜。

抵达时已是清晨，黎明吐出的一抹旭日映照在湖面。远处有白莲盛开，洁白，静谧，点缀于天湖中央；再远些，一束束罕见的花朵映入眼帘，妖艳似火，据说是彼岸花。

书里有相关记载："彼岸花，开一千年，落一千年，花叶永不相见。情不为因果，缘注定生死。"

"彼岸花开，花开彼岸；花开无叶，叶生无花。即便想念相惜，却不得相见。"缘分生灭、流转，终究只能想念、相惜。

这样的花，只能远观，无法细想。就像现实中的很多人事：地在，天在，世界在，唯独情两隔。

有些爱，不过是雨后那一抹盛大的彩虹，悬挂在头顶，炫目真实，但很快便消失。

人间万象，自然生灭；姻缘了尽，记忆盛载。独自站在古旧的石路凝望熙攘的人群，金色洒照的夕阳，生的欢喜，死的离别，被记忆涌动，却只能独自缅怀。

无以解释的生命缘起缘落，有如冬去春来，花开谢落，自有期限。

这些如同生死轮回。如果死即是生，生命的终点也是起点。就这层意义来说，那么生命不过是一场时光穿越。光影划破阵痛带来黑暗和光亮，我们在此生存、奔波、遗忘，清醒与孤独，凋零与盛开，冷暖自知。

只是，我们要经历怎样的风霜苍凉，走过如何的漫漫长路，穿过多少的山峰低谷，才能清晰地记录这诡谲、跌宕的一生。

或许，唯独去相信和承认因无常带来的客观与不可辩驳性，才能释怀它曾经给予的温热和无法再回头的美好。我们只能与时间一起，持续往前走。

天色渐暗，巨大的孔明灯腾起，翱翔天空；悠远的乐声回荡，洗涤身心，冲击灵魂；大片的森林和湖面映照着这个世界的美好，然后留下孤独的背影。我在高高的围墙边独自凝望与探索，想起了一些人和事。

有朋友说："我是希望能有更多的时间行走，然后记录下心中的所思所想。即便内心惘然，但却能清晰地让人心感受到生命的层叠交替，星月满空山的壮观奇美……人生的意义大抵是我们知道自己如何走过，保持清明与澄净，必要的天真也是力量。"

离开的那个晚上，斜阳独倚西楼，紫红色的天空一片绚烂。坐在车上，我久久地望着窗外，一群鸿雁在云端飞翔，它们成群结伴，不知飞往何处，很快了无痕迹。大大小小的湖泊在晚霞的照耀下，清澈见底，看得见鱼在水中自由游动。

那一刻，惘怅此情难寄。遥山望水，山水依旧在，人面不知何处，而绿波依旧东流。

人生的意义是什么？当我们亲历无法想象、未知的境遇时，我们是否还能依然热爱生活？但无论如何，你都要坚信，身体与灵魂有力地托起生活的困顿与绝望，心灵深处自带阳光，总能给予你无穷的力量。

有一句话，也许提供了答案："在这个世界上，每天都有那么多的事情，总处于一种不确定的状态里。但我们仍然顽固地坚守着一些什么，依然恒久地坚信着一些什么，依然怀着期待，走在路上。"

倘若你我暮年，所能想到最美好的事

在购物广场看到一个小朋友，不到四岁，一直在哭泣，手倔强地摇动。他的身边有四位老人照顾，一位喂水，一位擦眼泪，还有一位负责逗笑，最后一位无奈地望着他，不知所措。

夏天的深圳，天气非常炎热，光照耀眼，偶尔会有一股凉风吹来。或许是光热聚集，人容易焦躁不安，老人和孩子都满头大汗。四位老人的年龄大概在六十岁左右，他们同时照顾一个孩子，忙得不可开交。

在幼儿园门口，你还能经常看到很多小朋友由两位老人送到学校，一个负责背包，一个负责牵着手说话。如今，一个孩子由两位或者四位老人照顾，已经不算什么新鲜事。含饴弄孙，以弥补年轻时未能陪伴孩子成长的过失及遗憾，这应该是当下中国很多老年人内心的真实写照。他们在年老之时，将所有心血全部灌注在一个幼童身上，担心他们吃不饱、穿不暖，还担心他们在外面被人欺负。

如果用心观察，你会发现，很多老人喜欢喂孩子很多食物，即便小孩已经说吃饱了，他们还会继续喂食，直到吃撑，他们才觉得孩子是真的吃饱了。孩子的衣服也是，左一层右一层，包裹得严严实实，生怕着凉了。

总之，老人对孩子的照顾真是达到了无微不至的境地。这样的付出值得我们敬佩，也让人心疼。

或许，上一辈的老人，他们的大半生都在忙碌中度过，以至于错过了亲自养育孩子的时机。有了孙儿后，自己已经退休，又无事可干，只能将时间和精力全部用在孙辈上。

直到有一天，孙辈长大成人，有了自己的交际与生活圈时，老人们又开始心无所寄，每天的时间要么用来看电视，要么发呆或者闲聊。虽然有家，也有亲人陪伴，但内心始终没有归属感。

我的外祖母已经八十多岁了。我每次回家，都看到她要么一个人坐在门口发呆，要么在电视机前打发时间。每次离家，她都会无端落下很多眼泪，像孩子一样哭泣，甚至几天都难有好心情。我想她应该是真的已经老了。

她的一生，大部分时光都是在忙碌中度过，偶尔闲暇就在麻将桌上娱乐。她后半生搬到一个新的城市生活，因为性格高傲，朋友很少。重要的是，她没有任何兴趣爱好，以至于她老了，只能在空乏与寂寞中度过。她的苦，不是我所能体会的。

有时候，我想跟她说："您信佛，应该把时间拿来多读读佛经也好。据说，很多藏族老人，并不是经常要求子女们回家看望自己，因为子女来了，还得陪他们聊天，每天的佛号数不一定就能念得完。他们的内心是充实、清净的，即便离世也是十分安详，没有任何恐惧。"

大抵是年纪大了，不想约束自己。她只是淡笑，说："是的，我很怕死。"

说这话时，她的眼神茫然，我有些心疼，但无能为力。她的孤独让人怜惜。从某种程度上来说，她是苦的，但这个苦没人能替她消受。

人这一生，最大的满足是什么？我所能想到的是心有归属。

在当下的这个老龄化社会中，外祖母只是其中的一个缩影。很多老人对自己的晚年，似乎一点都没有规划和安排，过一天算两个半天。

到头来，大多人的一生，在满足了物质和基本生活保障后，内心基本都是虚空和贫瘠的。

按照马斯洛需要层次理论来说，人的需要涵盖：生理需要，安全需要，社交需要，尊重需要，自我实现需要。这一点和冯友兰先生说的人生四个境界有异曲同工之妙：自然境界，功利境界，道德境界，天地境界。

也就是说，一个人伴随年龄、经历的增加，需要与社会交融，完成物质和财富上的自由，然后再去做一些有意义的事情，自利利他，最终实现自我的成长，实现理想。若还有可能，就是达到天人相容的最高境界。

按理说，前几个境界，多数人在物质、财富自由、尊重、自我实现上，似乎都能得到满足，但最终的道德境界和天地境界，却难以达到。很多人一生富足，荣华享尽，内心却始终无法得到真正的幸福，一直都在寻找归宿感。

当下，有太多的人，人未老，心先衰。在他们看来，一到六十岁，追求理想和兴趣似乎就是一件可笑的事情。他们热切地希望子女早点成婚，生儿育女，由他们来照顾。

很多人年轻时为生存拼搏，每天奔波忙碌，灵魂却丢失了，情感上虽然热闹，但却空虚。有些人甚至为了事业，忽略了孩子的成长。每个人都极力想得到外界的肯定，渴望人生圆满。然而，我们的大部分时间和精神都用来应付外界，内在始终被疏忽了。就这样，兜兜转转，一直到年老，才发现没有岁月可回头，而光阴早已将两鬓染白。这时候，只求子女陪伴，含饴弄孙。生活就这样不停循环，下一辈人又开始重复上一辈人的命运。

"做你喜欢的事，上帝会高兴地帮你打开成功之门，哪怕你现在已经八十岁了。"这是摩西奶奶一百岁时给一位日本年轻人的回信。奶奶一生未接受正规艺术训练，但她对美的热爱、对生活的领悟，让其在晚年以惊人的爆发力创作了无数作品。她在八十岁的时候举办了个人画展，轰动全球。

在学会绘画前，她以刺绣为生，生养孩子，平静度日。有一天，老伴去世，孩子相继远走高飞，同龄人一个个离开，她反而觉得自己越活越年轻。在她看来，人生光景有限，做你喜欢的事情，就能让你的生活有滋有味。

每个人都会被卷入生活的洪流中，接受现实的风吹雨打。而在退休之后找到自己喜欢的事情，不过分依赖任何人、事，保留自己的一片天地，才算丰盈美好。如此人生，即便年华老去，也能体会淡然和从容。

当一个人在老去的时候，他们应该有自己的兴趣爱好，即便和儿孙距离遥远，也会始终觉得心灵相通、互相挂念。他们也不会把自己全部的时间和精力用在孙辈上，也不会认为配偶必须时刻陪伴左右。

倘若我能安然老去，所能想到最为美好的事，就是：你我暮年，清茶浅笑，一首老曲，两颗静心。看云卷云舒，听雨落花开，说风霜雪雨，还谈谈人生闲事二三。有喜欢的事可做，饱满，充实，让心清静。油灯耗尽时，生死已看透，即便随时离开，亦不会觉得恐慌。如此一世，堪称圆满。

我们"需要"的不多，"想要"的太多

近几年，通过清理物品，我发现很多东西并不是自己所需要的，可能只是一时冲动或者虚荣买下它。事后，发现它一直躺在某个角落，几乎没怎么用过。这时候，它们就是最好的提示："我真的不需要这么多。"

当我在多年后，确定自己一年四季需要的"服装"不过几套而已，而"服饰"就成为了欲望的"想要"的幻觉。我也就明白了哪些是自己"需要"的，哪些是自己"想要"的。如此，内心也就有了节制。

而我的母亲，到现在还是分不清什么是真正"需要"的，什么又是"想要"的。比如，她的积蓄足够养老，却还想挣更多的钱，留给自己的后辈。她想再买一套房，留给自己再老些的时候单独住，担心给亲人制造麻烦，请阿姨照顾自己。她属于典型的中国人，人生就是：结婚，生子，养孩子，挣钱，老了带孙子。她觉得人生就应该这样活着，内心有着极大的不安全感，这与金钱、物质关系并不大。

透过物质，可以看到心灵的形态。我通过不断审视物品，清

晰地看到自己制造了很多浪费。我的母亲，始终在向外求，她觉得金钱能给予自己安全感，却不知内心早已成为了生活的奴隶，被驱赶着前行。

内心的混乱无序，会造成自己辨别不清"需要"和"想要"。我年轻时堆积物品，只是为了满足欲望，但不懂得珍惜。而母亲，如同普罗大众一样，背负着俗世里的欲望、眼光和条框在生活。我总觉得她很累，偶尔会跟她说："没必要总是把自己弄得那么累，为什么不歇一歇，好好关心一下自己呢？"她大抵是明白我在说什么，但我知道，我们已经无法产生有效的对话了。她的生活模式早已形成了习惯，难以停下来，也无法改变。

"现代社会由于物质文明的过度蓬勃，造成人类价值观念混淆，以至于不清楚什么是真正的需要，什么是贪求的想要，什么是实至名归的能要，什么是责任所在的应该要。因为无法分清四要：需要、想要、能要、该要，所以大部分人都是跟着社会潮流而人云亦云，只要别人有的，我也要有。"我是在年过三十岁后，一个春天的傍晚读到这段话。它似乎能直观形象地表达当下人们在价值观与信念无序的状态下，心灵上的混淆和盲从。

我们总是"需要的不多，想要的却不少"。有了一套房子，还想要第二套；有了一部车，总想换更好的；事业想着越做越大，权位越高越好，人际关系也是越多越好……但事实上，当我们在某一天安静下来，才会发现，自己需要的不过是一张床、几把椅、几斗米、几只盘、几个人而已。曾经我们奋不顾身、歇斯底里、明争暗斗，最后才发现，不顾一切想得到的东西，很多并不是自己真正需要的。我们看似坦然自在地活着，一旦回归自身，就会发现，心灵早已千疮百孔。

几年前，我去拜访一位民间收藏家。老人七十多岁，活出了道骨仙风般的感觉。他算是富有之人，但生活非常朴实、清简。他住在不到80平方米的两居室里，房间里没有电视，也没有多余的装饰。我们在离家不远的小餐馆吃过一顿饭，点了三菜一汤，都是素的，喝的是白开水。他说，除了收藏一些当下看似无用，但日后却有价值的民间物件，对于其他的事情，他并不怎么关注，也不愿意在上面花费时间。

他对自己的精神世界要求比较高。他早已明白，什么是"想要"，什么是"需要"。这样的人大抵算得上是尊重内心的人，也是一个与时代并不兼容的人。他的坦荡，在于早已不需要通过外界来肯定自己，也不会为了获得关注而展示自己。他所做的一切，不太符合其他人追求的所谓主流价值，但他始终坚持自我和探索，从而分享给外界。

一个心态开放、愿意无私分享的人，内心也应该是理智而节制的。

那天，我对老先生说："现在的年轻人似乎总是什么都'想要'。不明白什么才是真正'需要'，一波又一波的欲望使自己成为了生活的奴隶，而非主人。"

他说："是的，现在的人似乎很少关注一些心灵层面的东西，不断向外求，靠物质、金钱、名利、财富等身外之物来喂养自己。所以，他们在拥有之后，并不懂得珍惜。比如一件衣服，它也是有生命的。但在很多人眼中，它就是一个'死物'，鲜少有人会做到珍惜，也就会轻易丢弃。随后，再去买一件新的。

"'需要'能滋养内心真正的满足，拥有之后，多少能感受它的珍贵与稀少，所以能染上历史和时间的尘埃。你看我现在收藏的一些物品，它们虽然老旧，却经得起时间和美的考验，能融入到我的生命中，也能伴随下一辈的成长。而'想要'可能是我看到某一件日常物品一时动起的心念，从某种程度上来说，是为了场面需要，或者虚荣心导致的。这时候，不控制自己的欲望，就会产生无节制的浪费。到了一定年龄的人，自然就懂得了拿捏分寸、明白内心的真正需要的重要性。"

他的话，让我再次确定：一个人的生命走到最后，"需要"的东西并不多，而"想要"的东西却总是太多，这导致了我们的内心虚空和盲从。要知道，人们想要的东西，往往是以破坏和污染环境为代价、以心灵的过度承载为条件的。

"需要"是在懂得节制后内心的满足，因为懂得珍惜，从而让物也变得具有生命，善待珍惜，相伴到老。而"想要"是在满足后无法填补的空洞，是欲望对心灵的干扰与吞噬。如果不明确认清它们的本质，我们也就很难获得真正的平静与满足，也无法体会身心充盈后的快乐与丰沛。

清理与销毁，看到了逐渐放下的自己

在小城的时候，还是两个人。七天后，回到深圳时，却只有一个空荡荡的箱子和内心恐慌的躯体了。葬礼完成后，随身携带的小物件：衣服、伞还有一些笔记本，直接烧掉。手机、摄像机和一些数码产品，有长辈想要，就给他们了。其他一些东西，或为睹物思人，或留作纪念，或用作其他用途。我没争也没问。

当时，人处于麻木无知的状态中，事后冷静回想，也是对的。人都不在了，东西留着还有什么用呢？尽管回深圳后，也有人跟我说："你真傻，那些东西也可以拿去变卖，毕竟算是好东西。"我终究无法跟他们说太多。

回到家，我又做了新的清理与销毁。好的拿去民政局捐掉，不好的扔掉，还变卖了一台全新的相机和笔记本电脑。旧相机、摄像机等电子产品，也给了想要的人。我对物，已无执念和不舍，也不需要靠它去睹物思人。

人去物消，楼还没空。我独自住在房子里，正常上下班。房间里还是有很多无法清理的东西，比如书籍、收藏品、相册、记事本、衣物……我把所有的杂物打包分类，这些小物或许因为它们存有温度，在保留与丢失时，开始有了念想，暂时无法全部销毁。当时，觉得一切都不真实，甚至幻想人还会再回来。

如今再想，这就是我的执念在形成新的心魔，如同巨虫在吞噬身体。所以，我仍然还是有一些不愿意扔掉的小物品，想着留作纪念。我甚至在床头贴了巨幅海报，以此来安慰自己。

直到多年后的一天，我看日本一位作家的书，书里提到，有一位读者问她："自己有一件遗物，始终舍不得扔掉，但又非常占地方。这种时候，应该怎么办？"

她回答："遗物是用来凭吊的，那么，你是担心没有它就想不起亲人，还是害怕亲人去世这件事情本身？通过保留遗物来确认去世者曾经存在，是我们人类的共识，其中也可能掺杂着对亲人死亡的恐惧，才无法允许自己在心里觉得那些东西很麻烦。"

我开始想到自己。我可能并不是因为想留着那些微小之物，只是内心还有对亲人死亡的恐惧罢了。

确认这一点之后，我开始说服自己，必须走出这样的阴影："物与我的关系，只是曾经存在过的人世幻象，最终，这一切都已经化为虚空，而我却还在强忍执念。"

也就是在那一段时间，我熟悉的一位六十多岁的大姐，她在杂志上看到我的境遇，直接从东莞来深圳见我。她在多年前失去自己的爱人，因为孩子和巨额财产，和公公展开了马拉松式的官司，最终花了足足八年的时间才获胜。但上天并没有成人之美，她见我的时候，已是癌症晚期。再后来，她撒手人寰，留下了还未成年的儿子及巨额财富。在她身上，我再次体会到了"身体犹如水中泡，财富宛如秋云漂"这句话的含义。她也正式提醒了我，钱财乃身外之物，不值得挂念。

在一部法国电影里，一名年轻的女子遭遇车祸，失去了丈夫和女儿。人处于剧烈悲痛阶段时，媒体关注的不是她身心所承受的巨大打击，而是她丈夫写的曲子是否会继续完成。而她为了完成内心的愈疗，变卖了家产，销毁了丈夫所有的遗稿，只带走了一个象征性纪念物——风铃，去了一个小城，重新开始生活。在那里，没有人能看出她是一个有过伤痕的人。

再后来，有人说喜欢她的风铃。她说，拿去好了。嘴角微微上扬，似乎一切早已云淡风轻。

当我在写这些文字的时候，依旧感觉有些感慨，但更多的是警醒和释然。所有曾经紧绷、惶恐的岁月，在经过人事诸多考验与浇灌后，我能体会到的天地两隔的温暖与力量，似乎更加明显与强烈。

逝去的他，仿佛成为了一种信仰。

后来，时间已走到了二〇〇九年。那年夏天，我做了最大规模的一次销毁。将所有准备清理的小物品，摆在房子外面狭长的走廊里，像队伍般整齐排列，有一米多长。那些物质因为时间和关系的存在，牵连了诸多记忆。

那一刻，我才明白：物我人世，几多相忘，需要内心慢慢和解，而时间是最好的解药。

销毁和清理之后，我不需要任何物质来维系对一个人的纪念。一个月后，我做了一次长途旅行。

半个多月的时间，我在南方的一个小城度过，陌生熙攘的人流，阳光饱满，有大片的葱绿植被和蓝色的海洋，我置身其中，身心一点点变得通透。那段时间，是我内心急速得到释放与重新构建的新阶段。

　　在这个重要的分水岭，我试图让心处于安定与静止中。尽管外面充满喧嚣，但我似乎成为了一个短暂性失忆的人。所有的记得与遗忘，瞬间皆为空。

　　在那趟旅行中，我完成了峭壁和丛林的徒步，身体和心灵因为受到了新的挑战，似乎变得更有力量。我越发懂得清理和销毁的重要性。

　　在旅途中，随时都有可能面临生命危险。一次，我独自爬完山路返回，遭遇大雨，泥泞路滑，而身边就是万丈峡谷，我必须身体紧贴山峰，一步并作两步行走，犹如在悬空走钢丝。这样的时刻让我获得深省。

　　上天呈现的自然变幻，如同生命给予你的无常，并无章法，你无法回避并事先知晓。生命的残酷和不可确定性，往往就是如此……但又能如何？除了前行，别无他法。

　　就在那一次，我想到了，人应该提前写好遗书，平时注意清理物品与信息，尽量不给活着的人添麻烦。在此阶段，我感受到了内心的清明与简单，但冥冥之中，似乎总有一种力量在指引我不断前行。

　　在不断地清理与销毁中，我也看到了那个日渐变得柔和、追随内心的自己。

回到城里，纷扰依旧。但我的内心开始了一种新的状态。清理、销毁之后，似乎轻松了很多，日子也变得更加简洁有序。若干年后的又一个十月，时间已经走到了二〇一三年。

我回到家乡小城，将一些纸质遗物——我一直以为最重要、舍不得清理的东西，带去墓地，然后烧毁。

母亲陪着我。我生性害羞、寡言，不懂得说什么，只望着火焰燃烧，化为一地灰烬。烟火熏得人眼泪直流。母亲不停说话，问他在那边好不好，希望能够继续关照我。

后来，我跟母亲说："不要再说关照我之类的话了。天地两隔，各自安好就好。"烧完了最后的遗物，我也按照惯例，转身回头再看了一眼。下山，走过陡峭的台阶，光线斑驳而炙热，明晃晃的，有点不像人世的光，亦像极了我后来的状态：活在世间，但并不属于世间。

最终，我通过不断清理、销毁，渐渐成了一个心境寡淡、自然、简朴、再无执意的人。

第二天，我离开小城，回到深圳。天色暗沉，唯有明月清风相照，房子前面是湖泊、高山，非常静寂，后面是楼宇，人来人往，川流不息。我在静寂与喧嚣中，选择关上大门，打开玻璃窗，在夜色如水的光照下做祈祷。我祈祷人世清凉，天地两隔，都能安好。

做到完全放下，我花了整整七年的时间。若有一天，我们在天堂相见，应该不会告诉对方内心的思念和苦楚，大概只会淡笑，问候一句："经年已过，浮生若梦。我还好，你是否一切都好？"

第六章

只有暗透了，才能见到光

时光悠长，故人不散

时隔多年，我再次来到广州。他在地铁口等我。他是我在外工作的、唯一有联络的远房亲戚。上次见他，我还不到20岁。如今，我人近中年，他正在逐渐老去。

再见，乡音、笑脸与质朴依旧。我说他不像46岁的人。他说："时间和精力都不够用，以前经常需要熬夜完成工作，现在已经老了很多了。"

这么多年，他一直在外经商，生养儿女。女儿已工作，儿子就读于昂贵的寄宿学校，财富也足够一生所用。但他依旧保留了父辈的思想观念，一生为儿女操劳。他不想让孩子像他那样，历经生活的艰辛与动荡。

为此，他一直不敢轻易怠慢工作。他是一个商人，商场特定的规则和特点决定了，一个人需要具备足够的定力，才能适应瞬息万变的生意场。商场如战场，他一路劈荆斩棘，稍微不慎，就可能全军覆没。

在外人看来，他功成名就，享有财富和荣耀，但那些如履薄冰、起伏煎熬的日子，恐怕只有走过的人才能体会。他说："相比外在的压力，内心的坚守更为难得。这些年身边的朋友众多，但始终觉得孤独。商场讲究厚黑学，我依旧用情义、质朴去善待他人，受到过很多伤害。"

我说他是儒商："人的善良和真诚，只给值得交付的人。而有的人，我们则需要做到忘记和疏离。"

他微笑："现在无论工作和生活，都看开了很多。可能年纪大了，心性也豁达了。对人嘛，问心无愧就好，有些东西没法想太多。最近几年，生活节奏也放慢了，生意能做就做，我学会了将时间腾一些给生活。"

他在一个陌生的城市，一切从头开始，经过十多年的努力，获得了曾经渴望得到的财富和地位，也很好地照顾了家人。如今，他正在成为一个心性淡泊、懂得享受生活的人。

我偶尔看他的朋友圈，不是在等儿子吃饭，就是和朋友聚会，经常往返于不同的城市。看得出来，他的生活正趋于平和与安定。

他终究是一个念旧、懂得感恩之人。每次见面都与我提年少时的事，说："年纪大了，现在的事容易忘记，小时候的事反而记得很清楚。"

他不停地回忆童年与年少时的光景："一次，我不听话，和弟弟打架，头破血流，是你爸爸把我带到医院；我爸爸临终前几个月，想吃无刺的鱼，是你爸爸从外地买回来给我们；幼年时期，我爸妈要赶工，就把我们放在你家，是你爷爷奶奶照顾我们长大；成年后，你爸也曾带过我做生意……"

或许，这些记忆随着他从南到北，已经成为了血液中最为坚固、不易消失的东西。与其说他是在说给我听，不如说是在说给自己听。

他语言稠密，让我看到了一个人内心的柔软与真实。一个人无论走多远，外界发生怎么样的变化，但早已融入骨子和血液中的情感，会被终身携带，直到我们离开人世。

前日，他跟我说，今年应该会有时间去武汉看望你爸妈。又说，年龄不等人，生活太无常，想要做的事就尽快去完成。在他身上，我再次感到了时间的紧迫感。

他上一次特意去深圳看望我父亲，是在多年前。他提了很多水果和上好的茶叶作为见面礼，父亲觉得他实在，买的东西太多。他边笑边说，不多不多。他与父亲几十年不见，俗世里饱满的情谊依旧存在，没有丝毫隔膜与做作。

傍晚，晚霞透过落地玻璃窗，照进客厅。他们在房子里喝茶、叙旧，也聊当下的事。浓重的家乡口音，让人内心踏实。

那一刻，人还在，物已非；人生被工作、生活、现实所牵绊，而故土人情在离家千里之外的陌生城市再度相逢，则显得越发稀薄与珍贵。

我在广州的一周时间里，他带我去吃家乡的饭菜，周围全是乡音。童年熟悉的声音，被重新唤起。站在他们中间，往事历历上心头，所有的乡愁、回忆和情绪如同海绵被挤压，从心底涌动。

他约了一些熟人聚会，都是儿时熟悉的人。我在故乡随着祖父生活了13年便离开了。再见时，他们明显老去，而我同样不再年轻。

时光荏苒，岁月如梭。一切都在发生剧烈的变化。我们的见面，是在离故乡千里之外的广州城。这些变化与际遇，让我们看到了生活的无限可能性。我们在成长、生活、奔忙，一切都在往好的方向发展。而这期间，我们受到的周折、疲累及诸多不易，或许只有各自最明了。

几日之后，我独自回深圳，他送我去坐地铁。为了方便我买地铁票，他为我准备了硬币，不禁让人惊讶于他的细心。我和他挥手告别。地铁启动的那一刻，我透过玻璃窗看见他还站在原地，他应该是等地铁离开之后再走的。

耳边是倏忽而过的地铁声，我想到，一个故人，不断成长，逐渐在城市扎根、结婚生子，最终成为强壮、丰盛、开阔的人。通过不断的努力，让理想照进了现实。

而在这期间经历的坎坷与不顺，在那个中年男人身上看不到丝毫的痕迹，他依旧是那么爱笑，心性洒脱，待人爽直、诚恳，却不失江湖气息。

再后来，我在回北京的路上，给远在武汉的父亲发短信，告诉他我见到了几位童年时的父辈，很开心。父亲让我转告问候，希望他们在广州过得好。

我试图记录下这些，不过是回顾了点滴的人、事、情。尘世人潮如沙海，纷繁往昔如烟云，终究有些人和事，让我们在回顾的时候，心生温暖。

我们拥有的，终究只有自己

"我在非洲有一座农场，我的肯尼亚人，我的中国陶瓷和珠宝。"在电影《走出非洲》中，女主角凯伦总是喜欢这样对男主角丹尼斯骄傲地表达自己所拥有的东西，带有几分满足，也有几分自得的可爱。而丹尼斯，这个自由不羁、喜欢独来独往的男人，则清醒地对她说："你总是在说，你的农场，你的土著人，但是，它们不属于任何人，像狮子一样，本来就不属于任何人。不要试图去改变它，对非洲来说，我们只是过客。"

过客终究只能停留，无法拥有和带走任何东西。毫无设防的一场大火，让凯伦失去了庄园、资产，最后连爱人都失去了。最终，她才明白，一切都不过是烟云。在丹尼斯的葬礼上，她读了一首诗："……明智的你早早离去，因为荣耀不能为谁停留，月桂树转瞬苍翠，却比玫瑰凋零得还快……"

她带上简单的行李，孑然一身，回到欧洲，开始新生活。

曾经拥有的一切，瞬间灰飞烟灭。那个曾经背负着命运、飞扬跋扈的女子，未曾怨天尤人，保有尊严地带走了所有关于非洲的回忆。非洲那片广袤的土地依旧宁静优雅，充满活力。人，只是非洲大陆上一粒渺小的微尘。

我们活在世间，但不属于世间。世间的一切，从哪里来，最终都会回到那里去。人只是物品暂时的保管者，却无法真正拥有。如此一想，我们大抵应该明白，人在世间所拥有的，终究只是自己。

我和我的母亲，在俗世烟火中共存，我们曾经不断往外求，想拥有俗世里的目标：房子、车子、财富等，这些东西，代表着圆满、幸福生活的种种表象。

但最终，我和她吃穿都很简朴有限。而曾经拥有的财产，也并不真正属于我们自己。比如，房子，我们拥有了它，但并没有真正长久享受它带来的安逸与舒适。我们各自住在离家千里之外的地方，过着简朴而单纯的生活。我们生存所需要的，也不过是一张床、一日三餐。

平时，我们喜欢说，我拥有这个，你拥有那个。当我们总是执着于你、我之分的时候，内心其实早已对物质充满了占有的欲望。我们会潜意识地堆积物品，填满家里的空间，来获得内心的满足。同时，还在不断地更新、添置、替换物品，循环往复，永不停歇。

当我懂得了，人应该尽量减少这些循环带来的垃圾和坏情绪时，我也为曾经拥有很多物质深感懊恼和羞耻。一生看似漫长，实则短暂，除了引发垃圾循环，更应该多生产、创造价值，燃烧自己，提升内在。

几年前，我采访过一个企业家。他在23岁那年就赚到了人生的第一桶金。年少气盛的他，目空一切，以为自己可以拥有整个世界，无所不能，得意忘形，忘记了以前的艰难与贫困。要知道，一个人爬得越高，往往会摔得越重。

生活当下给予你的权利、财富与成就，很有可能是上辈子积累的福报，当你毫无节制地消耗、不懂得惜福时，最终也会竹篮打水一场空。

他在30岁那年，事业严重受挫，一度濒临破产。他才开始真正意识到，自己不过是一个财富的保管者，曾经拥有的东西随时都可能会消失。

我们以为自己曾经拥有，就可以天长地久；我们以为自己可以控制得到的一切，后来才慢慢发现，很多时候我们连自己的情绪都无法控制；我们能真正拥有的，不过是当下那一刻，自己对待生活的态度。

一个人所拥有的，终究只是你自己。

只有我们的生活变得简单质朴，才可能意识到一些道理。

自己不过是大地上那一粒最微小的尘埃，我们无所期盼，但心有方向；

我们可以安身于当下，也可以无惧于未来；

我们活在世间，但不属于世间；

我们在抱怨外界、他人带来的困扰时，应该先考虑，是不是自己哪里出了问题。得到的答案，就是我们需要探索、改进的方向。

明白了这些道理，我们就可以少走弯路，变得更强大。

有一位禅修大师说过："如果你只是一粒沙，整个宇宙全部的空间都是你的，因为你一无所有，既碍不着什么，也挤不着什么；你面对无垠的开阔，你是宇宙的君王——因为你是一粒沙，极为尊贵、开放。"

他的开示，意义深远而独特。人存活于世间，很多时候，我们看到的只是表象，真正具有涵养、修行良好的人，他们往往能洞察万物，活得明白通透。他们没有傲慢、嫉妒，也没有那么多欲望。他们遵循这种理念来生活："我们来到世间，没有拥有过任何东西，也不曾失去任何东西。因为我们拥有的东西都是短暂的，来时空空，走时也是空空。"

所以，他们可以渺小，如同微尘；也可以强大，如同君王。

只有暗透了，才能见到光

在我童年时，母亲因为不小心骨折，需要吃中药。有一天，我看到她独自在厨房煮药，背影坚毅，充满力量。似乎从那时起，我察觉到了母亲身体里隐藏着某种女性特有的品质。

她在病痛中的隐忍、沉默、独自承受一切，让我印象深刻。我的骨子里流着她的血液，她也将某些好的品格，比如真诚、坚强、专注遗传给了我，使得我在日后独自走向社会，面临无常袭击时，都能一一化解，并心怀感恩。

这些特质，是母亲的骄傲，也是我的幸运。我们如同普通的中国母女一样，血脉相连，始终保持着对生活乐观、随遇而安的态度。这些态度，使得我们以近乎苛刻的要求来对待自己，始终自律、用情、用心，做好当下的事情。

就好像我的写作，除了周末和正常节假日，其他时间，我尽量保持一天一篇文章的工作量。这种在黑暗中的写作，对未知的不确定性，非常考验人的耐心和毅力。

我除了克服身体带来的疲累，还需要警惕写作带来的懈怠和思维的枯竭。庆幸的是，虽然我偶尔会觉得身体疲惫，但只要坐在电脑前，大脑便开始变得活跃，文字迅速涌动。

这样的状态已经延伸到了我的日常生活中。比如，偶尔想到一个词或者一句话，我会马上用笔或手机记下来，关灯了也要起床记下。我很担心灵光乍现后，会瞬间遗忘。

这或许就是作家残雪老师所说的："某种灵光在人一生中只闪现一次，此后便会很快泯灭在一片黑暗中，而且这种灵光是不请自来的。"我遵循这样的规则，并时刻以职业精神来要求自己，尽管我一直觉得在写作技巧和方式上，自己还是一个业余的写作者。

有读者说："真为你的勤奋和坚持感动。"我想，他只是看到了我书写的表象。事实上，我的勤奋和坚持，完全源于我对文字的热爱，它已经融入到了我的骨血中，成为了我生命中重要的一部分。我可以为了它废寝忘食，也可以为了它保持高度的自律与谦逊，时刻察觉自己的卑微与渺小。若可以，我希望此生只做一件事：写作。

正是这样的坚持与固执，让我在不间断书写的第九个年头，看到了光。那个曾经在黑暗中孤独、安静书写的女子，如今已人近中年，容颜与文字一并发生着改变。频繁打开一个空白文档，然后填满它，来回修改，不觉得厌烦。我仿佛被注入了某种强烈的兴奋剂，激发着我跃跃欲试，一直往前走。

我深知踏实与坚持的重要性。一个人要想在某一方面有所建树，就得付出常人难以忍受的艰辛。好在，到目前为止，我还在享受文字敲打带来的乐趣。它疗愈了我的内心，也不断给我力量和希望。

　　人生没有捷径可走。我始终相信，某种职业化的训练，能弥补天生的不足与缺陷，使你得到更多的成长。我保持卑微、恭敬的态度，认真对待自己所交付出去的文字。即便岁月流逝，但终归留得了一些文字，这么多年没有虚度，算是另一种幸运。

　　通过在黑暗中的不断书写，我完成了早期的倾诉和愈疗，内心也变得越发亮堂起来。我决定离开深圳，去往北京。

　　在这期间，我断断续续地书写。我开始意识到，好的写作需要克制，否则就成了情绪的宣泄。就如同好的文字要剔除功利心，否则就成了纯粹的牟利工具。

　　在北京，我曾经试图戒掉文字，长达一年多时间只字不写。试图远离它，是因为文字给内心带来倾诉的同时，亦承担了太多的冲突、质疑及较量。如果对这样的过程没有足够的掌控力，那么书写就是一场危险的游戏，容易让人沉溺，亦无法自救。

　　但我发现，这种想法是错误的。直到一个冬天的下午，我的脑海被各种句子、意识、思维所占据，像潮水一样涌动。偶尔出门办事，也会因为想一个片段而走神。于是，我开始做新的梳理与表述，并对自己有所要求。

　　之后，我大部分时间深居简出，写作的空间、内心与生活也都发生了变化，变得开阔、有力与厚实。阅读也开始由早期各种杂书，转变为禅宗、灵修、哲学与小众作者的书。有些书值得反复阅读，有些书晦涩难懂，有些书虽然看起来无用，但我愿意花时间去品读。这样的阅读，让内心得到了训练，思维也得到了重新构建。

我的人生因为一场事故，生命曾陷入黑暗与绝望，充满恐慌与无助。最后，是文字拯救了我，通过它，我可以和自己、世界对话，也让心灵在暗透后，见到了光。

　　曾有人跟我说："如果您笔耕不辍，我将一生关注，愿能分享探寻生命的底色及它的流光溢彩。感恩您的文笔。"

　　这些话，给我温暖的同时，也让我清醒：人这一生有多长？而我所能坚持的时间又有多久？人生有着太多的未知，不是我所能确定和左右的。

　　我唯一能做到的是，在当下这一刻，保持敬畏的态度去书写，保持真诚、开放的心去对待每一个有缘相遇的读者。

　　有人跟我说，你书写自己是很真诚，但人与人之间很少有感同身受这回事，大部分人恐怕只是看看热闹罢了。但我还是相信，一个人只要真诚、坚持初心，就能在经历黑暗后，绽放出绚烂的花朵，给他人以美的享受。

　　就在完成这篇文章的前几个小时，我看了一部电影，里面有句话让人印象深刻："只有暗透了，才能见到光。"这句话让我觉得兴奋。试想一个人，若没有大彻大悟的人生领悟，又如何能说出如此通透、冲击心灵的话语呢？

　　这应该也是文字的力量。我一样相信，只有暗透了的光，才能皎洁如霜，柔和如水，美丽如斯，像月光、星星和萤火虫。

使你痛苦的，才让你成长

晚上，完成一定的文字量后，我出门觅食。很快走到一个超市，到了门口又离开。想多散会儿步，便决定去更远的超市，买些蔬菜、水果及第二天的早餐。这是一家大超市，每天人潮涌动，生意很红火。我挑选好喜欢的食材，然后离开。顺便到楼下的餐厅，吃了晚餐。

回来的路上，夜色清凉，我对着天空拍了一些照片。细雨绵绵，行人稀少，仿佛置身一个人的世界，脚步不自觉地放慢。看茂密生长的树林，即将凋谢的花朵，我和它们的交流，在无声中产生。

这样消磨时间，让我的大脑和心感到片刻的轻松。文字看似是脑力活，但慢慢地就成了体力活。身体的能量，跟不上脑子的运转，也是一件很疲累的事。我开始散步、打坐，这是我为写作积蓄体能、调节身体和心灵的方法。

一直都觉得，自己的生命在一条条被动选择的道路上隐忍而卑微地行走。这样的行走，让人觉察到了灵魂深处的空虚，一步步从那个黑暗的隧道中走出来，最终明心、见性。

一日，因为下雨无法出门散步，我在客厅来回走动。心里总觉得有个故事要写，脑中全是画面，但并不急于落笔，我想让一切自由发生，看看最终以怎样的形式去呈现它。

这是一种探索，也是一种冒险，但内心甘愿。

将自己置身于书写的境遇中，有时候觉得恍如隔世。永远都是一个人，始终都是寂静无声。人像穿越黑暗的隧道，历经惊喜，也保持觉醒。有人说，你每天写作，真是高产。只有心知道，这并不是我最好的写作状态。有时，我希望有更安静、封闭的创作环境，去完成既定的写作方向。或许会在一个小岛上，每日三餐由外卖解决，然后静心创作。

我深知，人唯有保持一定的戒律，做到内心的克制与严谨，遵循它该有的秩序，才可以让生活趋向恒定。

偶尔，我会翻看十年前的文字，打开一个又一个文档，里面的文字密密麻麻，满是情绪和倾诉，浓烈的情感像春蚕吐丝，稠密却无头绪。那些无法细看的文字，总是让我觉得羞愧。同时，我也很庆幸，它没有被外界流传。但不可否认，它是过去的我。今天的自己，仿佛是完成了蜕变的蝉。

早期的书写，像把人安放于某个洞穴，让我在此得到一种极具力量的沉静。我把内心打开，汹涌而至的回忆，如同潮水般涌来。那一刻，写作真的就成了法国思想家巴塔耶所说的那样："它是打发生命的最佳方式。写作的过程比结果更重要。"因此，写作成了我一个人的事。

我不知疲倦地书写，只是低头劳作，从来不关心收获。写作的"初心"也在心里埋下了种子。直到如今，我依旧带着谦卑与喜悦的心在黑暗中写作。唯一不同的是，我通过漫长的积累和沉静，看到了新的成长，内心因写作不断发生变化。

我一直觉得，生活中从来不缺聪明人，缺的是沉得住气、低得了头、默默播撒种子的人，更缺能渡己、也能渡人的摆渡人。

这个时代充满了躁动与变迁。用南怀瑾先生的话来说就是，一切都在变动之中，自然乱象纷陈。在这个背景下的人，终究需要耐得住寂寞，默默埋头付出，不辞辛苦地做事。这句话也在提醒我，人做事不怕重复，只怕患得患失、中途轻易放弃。

一个人若能站在一定的高度和视野来看待自己、他人和世界，就能发现生命的真谛。

人来到这个世间，就像一趟旅行。对于众生来说，不管你愿不愿意承认，它都有一个不容忽视的真相：人生皆苦。

人生在世，有生、老、病、死、怨憎会苦、爱别离苦、求不得苦……这些都能唤醒我们的灵魂，让灵命得到滋养与成长。我们会因为它，被迫接受生命中重大事故的发生：位高权重，一落千丈；情分缘尽，恩怨难断；生死无常，天地两隔。它们是人生的波澜起伏、无常变迁，也是对生命的试练。

《雅各书》里说："无论何时，你看见自己被各种试练围困，都要以为人喜乐；因为知道你们的信心经过试验，就生忍耐。"

十年前的一个清晨，我经历了椎心的爱别离之苦。那日，我没有眼泪，无尽的悲痛与绝望，似乎要将血管冲破。

十年走来，我翻山越岭，历经内心周折，迂回辗转，只为完成纪念与遗忘。当一些人事成为信仰，我的心也如同刀锋行走，专注有力。这是一条艰难的路，也是一条踏实的路。

生命如同自然，凋谢盛开，生死轮回，皆有规律。在有限的时间里循环、繁衍和来去，带给你悲欢喜舍，也在磨炼你的秉性和意志。

使你痛苦的，才让你成长。它还让我清楚地明白，每个人的一生，不是为了所谓的名利、权势，而是你是否能做到苦中作乐，从中获得智慧，让生命不断沉淀、发酵，活出真正的芬芳。这些才是生命给予你的厚礼，也是你对世界的供奉。

十年后的今天，我清晨4点50分起床，洗漱、焚香、打坐，独自在北京一所郊外的房子里，写下这些话，心静如大海。

这些话像是对自己说，也像对你说。

不负己心，就没有恐惧

慢慢地，我的心境进入一个新的阶段。获得了初步的平静与稳定之后，我开始清晰地觉察到，身边一些人的内心多少会有恐惧。这些恐惧来自日常生活，多是对外物的失去，或对诸多未知、不确定事物的担心。

这种惧怕往往体现在，他们习惯想东想西，患得患失，畏首畏尾，内心总是有一股莫名的力量牵引着自己，很多时候处于躁动不安、妄想的状态中。

比如，F担心公司某一天会倒闭；N害怕自己的孩子长大后缺乏竞争力；Q担心有一天伴侣会离开自己；M甚至想到写作灵感枯竭后，靠什么来维持生活；L担心自己衰老、疾病和死亡；Y惧怕人心的虚假和情感上的伤害……这些想法在他们脑海中，已经形成了思维惯性，成为了心的投射。

以上的种种情形，应该算是恐惧的表现。

它们会形成某种焦虑、波动、难安的情绪，下意识地转化为压力，稍微有点风吹草动，就心有余悸，无法安定。

一日闲暇，随手翻书，我看到一个写作者的采访。他谈到早期的书写，总是想着讨好读者，并很在意他们的每一条评论，甚至会因为批评他的言论而沮丧、懊恼。

直到后来，看到一篇文章，《一个写作者应该写自己想写》，他才意识到，自己已经不知不觉被外界他人的言行所牵引，这种牵引导致了内心的不安全感。而信念坚定的写作者，应该只为自己的内心而写作。

倘若一味迁就或以外界为转移，又如何写出真正想写的东西呢？当他确定这一点的时候，他不再惧怕什么，开始坦然地创作。

励志作家拿破仑·希尔曾经在很长一段时间，写下的每一句话都要由一群权威书评人看过后才能发表。后来，他开始发现自己在被动地讨好审稿人，迎合他们既有的偏见和观点。如此一来，他还能写出什么好东西呢？

后来，他意识到了这一点，开始只写自己想表达的内容，丝毫不在意会有什么后果。

人的内心一旦有了恐惧，就会在无形之中阻碍自己前行。反之，没有恐惧，人就会活得坦荡从容。不管写得好或者不好，只要真实表现内心就好。

在生活中，那些活得睿智与通透的人，他们学会了平衡内心冲突，懂得如何泰然处之。焦虑、恐惧、失望等负面情绪，已经很难影响他们的心境。他们虽然活在凡尘俗世里，但对待外界时，却能做到克制与冷静，并且有足够的把握与能力去应对、安排好一切。

一个活得坦然、当下不惧、未来不迎的人，就能坦然面对悲、愁、惧、苦。

我曾经见过一位年长我足足一轮的女性。她的爱人因疾病离世大概半年，我在一个公共场合见到她，以为她还活在恐慌与悲痛中。

"现在对于我来说，是最好的修行时机。至于生死，也能接受并看透了。"说出这一切的时候，她的眼神温柔而宁静，好像一切都没发生，又好像已经发生很久了。

她是真正意义上的修行者，能有这样的理解，也不足为奇："一个人只是肉体离开了尘世，但精神依旧还是存在的。重要的是，死即是生，若他能往生更好的世界，应该感到欣慰才是。"所以，你能想象她身上不为人知的苦楚时，多少也看到了她心性里的开放与慈悲。

你感受不到她有任何恐惧和害怕的迹象。经历被她转化为能量，内心日渐强壮。她独自担当，善待一切，对微小之事物也充满感恩与悲悯。她无疑是一个情绪稳定、心智成熟的人，在她的生活里，已无任何恐惧心。

一个活得坦然而觉醒的人，他的心显然不再以外界、他物为转移，也不再以他人内心的标准与判断，来规划、调整自己的生活状态。这是一个人成熟之后智慧的显现。

偶尔我会想，成人的恐惧和小孩的恐惧最大的不同在于，我们生活在混沌与忙碌中，已经逐渐失去了与内在对话的机会。我们太过于敏感，太在乎他人如何看待自己，也担心无法成为他人眼中所谓的好人，我们甚至有意无意按照他人的标准及想法来要求自己……如此一来，内心的恐惧与害怕，会如同潮水般汹涌地冲击自己，让你难以得到心安与愉悦。

台湾作家龙应台说："幸福就是，生活中不必时时恐惧。"法国作家蒙田说："恐惧不仅产生于勇气的缺乏，有时也会产生于判断力的缺乏。"这两句话的共性在于，恐惧会直接干扰生活的最终形态。

一个面对外界影响表现出平静、毫无恐惧的人，他就能对任何事情做出客观、有效的选择。也就是说，一个人想拥有幸福和勇气及客观的判断，首先需要的是一颗平静与笃定的心。

炼就一颗这样的心，需要长时间的训练。在这个过程中，要学会调伏内心对待恐惧的态度。先觉察自己内心的情绪起伏，然后与之对话，告诉自己，外界充满虚空与未知，无须过度担心和害怕。一个人只有心胸豁达、视野开阔，才能让心境始终平静，从容地应对一切。

少有恐惧的人，往往拥有一往无前的勇气和坚如磐石的定力，他们早已看淡一切变幻无常，所以脚步和眼神中传递出的，也是自信与豪迈。

如果有人问我对现在的生活有没有恐惧，我会说，如今内心的平静与稳定胜过一切。

在说这句话的时候，我已经完成了初期巨大的恐惧与茫然。曾经，我被它们所困扰，身心俱疲。这种恐惧是生离死别带来的。后来，我通过漫长的自我愈疗与对话，得以完成精神成长。

这个过程有难度吗？肯定有。它需要你完全铲除内心存在的恐慌，忍受巨大的痛苦。通过不断地与自己对话，告诉自己，不要害怕，未来终究漫长，要调整心绪，才有力量和勇气往前走。

毕竟，人在这个世界上，只有往前走，才可能看到更多的希望；只有心无旁骛，不断往前，你才有更多机会听到内心的声音，然后遵从自己的内心，做出选择与判断，获得心的从容。就好像有人对我说的一句话："一个人不负己心，看阴晴圆缺就像花开凋落般自然，那么他就无有恐惧。"

怎样的美，才能放射出真正的光辉

"因为我确实几乎不看报纸，也不开电视看新闻了，只因为看了觉得'很烦'，不知道怎么安置心中的感受。"

看一位台湾作家的散文集，这句话让我的心一阵悸动，似乎读到了自己。我很久没有看电视了，电视机的声音让我觉得不安。终于，我也成为了一个内心寂静无声的人。

出门散步的时候，我凝视花朵，感知天空的寂寥，听鸟儿鸣啭。云朵的美、山野的空旷、露珠的晶莹、湖泊的宁静、路上充满热情和善意的面孔，散发出种种纯然之美，让人沉醉。偶尔，我会停下脚步，凝神观望。

那一刻，美散发出真正的光辉，内心被折服。早期，大概有一段时间，我遇到它们，会拿起相机不停地拍摄，生怕错过了时间带来的美。然后，大量的相片存放于电脑中，成为堆积。不知道从什么时候开始，我对美有了克制，鲜少拿相机对准它们，只是习惯用眼睛感受、用心发现，然后离开，也不再留恋。

我不再害怕美会瞬间流逝，而是担心相机会折损自然的美。就如同我看到一只精致的花盆，不会再强烈地想要得到它，而是希望它的美被更多人欣赏，或者被更适合它的人得到。

这是美给我的内心带来的变迁。以前，我不明白自己为什么会对自然的美有如此深切、真实的感触。后来读黎巴嫩诗人纪伯伦的文章，他说："你要相信美的神力——它是你们珍惜生命的开端，是你们热爱幸福的起源……美可以使你们的灵魂归真返璞至大自然——那是你们生命的起源。"

他还说："仔细观察地暖春回，晨光熹微，你们必定会观察到美；听鸟儿鸣啭、枝叶葱郁、溪水淙淙，你们一定会听出美。"那种美，是自然流动中，最真实、纯粹、毫无修饰的美。一个心性细腻、充满灵动的人，会敏感地捕捉那一刻的美，珍惜自然带给人的纯净与朴实。

你凝望、注视它的过程，就是净化、感染、融入自然的过程。它们因为不做作，传递出的美散发出明净与通透，折射出一个人的安静、愉悦与纯粹。

秋天的清晨，天空渐渐发亮，拉开巨大的落地窗帘，蓝色的玻璃上水珠凝重，它们一滴一滴呈珍珠状吸附于玻璃上。站在窗口，看山水朦胧；晨曦即将突破云层，凉风拂过面孔；耳边有轻音乐；花朵即将绽放；路上开始有人群和车辆流动。

自然构成人间万物，充满生活气息，宁静中自带热闹。我停下手里的事，观察它们，也觉知自己。瑰丽而充满神性的时光，连空气都散发出暧昧与清凉的气息。新的一天的开始，是如此的平静，让人清醒，又让人为之陶醉。

这是一个充满窥探、欲望和盲从的时代，我们的生活如同朋友圈，被各种展示、表演所充斥。就如同有人曾质疑："我们陷入了一个高度表演性的时代，我们习惯并熟练地在某个瞬间、某个时刻竭力表演光彩的一面，而人生中那些灰暗、挫败、沮丧、无力、狼狈甚至暧昧的时刻，又该如何表达呢？"

或许是这样热闹的表象，很难让我们看到某些真相。当自然被还原的时刻，我们会被坦荡的美所映照、折服、觉知。那一刻，我们感知到了内心的柔软。这些最真实的触碰，给身心带来愉悦与笃定之美。

曾经，我也会坐在沙发上看娱乐节目，然后傻傻发笑。笑过之后，就全部忘掉。有时，我们需要学会忘记，忘记很多的事，忘记不确定的人。这样，大脑就可以有更多的空间来存放一些美好的人和愉悦的事。

如此，保存下来的，是真实、简约、不堆积的美，也是永恒、清脆、无杂质的美。

现在，我害怕听到喧闹声，它们让我觉得不知所措。好在，我有安顿自己的能力。阅读、写作、拿相机拍小物件，这些活动让我放松和安心。散步的时候，会被一片树叶被风吹动的模样所吸引。

在生活中，有人会对你的私人生活感兴趣，而我似乎从来没有兴趣讨论这些。始终觉得对于他人，更多的应该是给予祝福，而不是设法打探隐私，满足八卦的欲望。

祝福，让我们看到人的纯善及干净，不带任何猜疑与杂念；八卦消耗的是时间，浪费的是口水，得到的只是空虚。

所以，一个真正的写作者，提供给大众的应该是文本本身的阅读体验，而不是充斥着八卦、标题党和噱头。一个好的读者，也应该把关注点放在文字上。

傍晚的郊外，四周都是高山和荒地，到处灰蒙蒙的一片，我在一间小饭馆等最后一班高铁。上二楼洗手间，年轻的孩子们坐在平板电脑前打游戏，他们神情专注，沉浸在喧杂、刺激的游戏中。我总是无法想象和理解，冰冷的机器、虚幻的游戏，怎么可以让人付出如此大的热情。

门口的公交车站，一位中年男子和年轻女子，因为拥挤发生了摩擦，两个人正破口大骂，用各种脏话互相攻击，面红耳赤，互不相让。他们衣着光鲜，长相周正，却因为语言的丑陋，破坏了自己的形象。英国哲学家培根说："只有将美的外貌与美的德行结合起来，才能放射出真正的光辉。"

而另一对中年男女，男性穿着朴实，女性头发凌乱，他们看起来更像一对患难与共的夫妻。女性的脚包裹着纱布，似乎是受了伤，他搀扶着她，艰难地移动脚步。人多的时候，他们会主动停下来，让路人先行。这样的行为得体、从容、优雅。我不由多看了他们一眼，他们逐渐消失在视线里。

我们的一生，如大梦一场，美好却如蜉蝣般短暂。在这样的过程中，若能保持对美的觉知，无疑是一件很幸运的事。生活中的天真与信任、宽恕与理解，或许更能让我们获得心性的开阔。

"单纯、善意地活着，是给自己的祝福；从容、淡定地处事，是给自己的礼物。"真善美，从某种程度上来说，是一种信仰。当你把身躯当成圣坛，向自己、他人及这个世界供奉善；把心灵作为祭坛，对自然怀有敬畏和虔诚，你就可以获得坦荡与清醒，内心辽阔且无所畏惧。

我相信你的纯简与质朴之心，一如我从不怀疑你的付出与无私之美。

时间与孤独扛到最后，充满未知的惊喜

近三年的时间里，她总是伴随着晨曦在小区里跑步。中年，运动装，凌乱盘起的长发。她跑步的姿态专注，缓慢且有耐力，一直坚持在固定的时间运动。在闷热的南方城市，顶着炽热的晨光下跑步，非常需要耐心与定力。然而，她一圈又一圈地跑着，从不间断。

不知为何，她穿的衣服总是违背天气。比如，在炎热的夏天，她还穿着外套跑步。我总能看见她的衣服被汗水打湿，额头和脸上的汗水折射出健康的肤色。很多次，我与她在跑道上擦身而过，能听到她急促的呼吸声。

一直以来，我很少见她有笑容或者与人打招呼。一次，我们刚好在电梯里碰见。或许我们见面次数多，让她有印象，她对我微微笑，表示出很大的善意。那一刻，我其实很想告诉她，你笑起来真的很美。

又一次，我去上班，她刚好跑完步，遇见一位年长的男性，应该是她的先生。他们两个好像在商量什么事情，又像是在告别。她给眼前人整理了一下衬衣的领口。动作亲密自然，充满母

性的温暖。

她让我看到了美，一种无比温柔、毫无侵略性的美。后来，我离开深圳，但她跑步的姿势和平静面孔始终清晰。偶尔，我会想，她在我记忆中停留这么久，并不是因为她坚持跑步的习惯，而是她身体里传递出来的安静的力量和活力。

我不知道她的职业，也不知道年龄。其实知道了也没有意义。重要的是，我已经学会了观察生活中那些平凡的细节之美。

在露天集市，充斥着叫卖声，各人低头行事，拥挤而热闹，富有生活气息。人在集市中，看到日子就是这样一天天过去了。人也就这样一天天渐渐老去，似乎能看到时间的尽头。

"藤床纸帐朝眠起，说不尽、无佳思。"某天黄昏，我在路边摊上看到奇形怪状的餐具，有一个红色半弧形碗具，上面用黑色笔墨雕刻着这样的字样。我决定将它带回家。

有一段时间，我身边总是有一位长者相伴。我们在落日下的树林里散步，却极少说话。有一次，长者在电话里对我的亲人说："她一个人很孤独，我过来陪陪她，这样日子就过得快些。"那一刻，我的思绪从心底如喷泉般涌动，眼睛开始温热。我只是觉得内心疲累，却无法停止。因为心里有些事需要完成。

傍晚散步时，我问长者："为了陪我，偶尔需要这样在陌生的城市居住穿行，会不会感到孤独？"

长者说："我不会，有你在，到哪儿都一样。只是你应该有个孩子，以后老了也算有一个亲人，这样我才放心。"然而，那个时候，我并不知道孩子对于自己的意义，似乎总是一个人承担一切。其实，他人的惦念与担心，一直都在。爱让我温暖、成长，最终完成自己的使命。

"你时常感到孤独吧？"

"是啊，非常孤独。有时候我真的感到很害怕，很想哭。看来我的内心是脆弱的。我觉得很难得到幸福。"

这是一部法国电影中的台词。我总会想到这句话。阅历够了，你就会发现，幸福其实就是泡沫，来去无踪，转瞬即逝。

时间与孤独扛到最后，充满未知的惊喜，值得为之静默。我们不觉得孤独的美好，惧怕它的存在，是因为我们过于注重他人，却忽略了自己，于是一旦独处就惶恐不安。

"一个人就像一支队伍，对着自己的头脑和心灵招兵买马，不气馁，有召唤，爱自由。……人生若有知己相伴固然妙不可言，但那可遇而不可求，真的，也许既不可遇又不可求，可求的只有你自己，你要俯下身去，朝着幽暗深处的自己伸出手去。"作家刘瑜在文章里这样谈论孤独。一直觉得孤独是生活的常态，如同吃饭喝水般，是一种基本需求，也是人的某种本质状态。

如果可以，孤独也可以成为内心的狂欢、精神的盛典。它可以像大海，表面风平浪静，底下却波涛汹涌。看人潮流动时从面前滑过的面孔，看孩子们嬉闹穿梭花园流动的身影，在陌生的地方看夕阳落下的片刻，都可以让内心深处得到慰藉，让孤独获得释怀。如果我们彼此需要，何不坦荡相告呢？

人天性里隐藏的孤独和苦，我们需要接受它、习惯它、面对和处理它。

这个世界的热闹和虚假太多。我们的爱因为慈悲和承担走了很远的路,一条没有尽头的路。我们亦因此看到了彼此婴儿般的纯真,又或者因为它的存在,我们能轻易穿透这个世界的热闹和虚假,亦同样无须在意他人的评价和关注。

不参与一切评判是非,不被娱乐和议论,大抵是好的。人在时间中穿行,时间带着人与问题一起前行,带来惆怅,也给人带来锤炼。

《一人静》,是日本音乐组合姬神的一首曲子。每次听,都觉得扣人心弦,引发很多思绪。悠远空旷的气息,恍如隔世。它让你想到那些在路上的时光,喧闹的机场,繁华的闹市,夕阳下的山,湖边的篝火,外界虽然热闹,但却与你无关,你永远都是独自一人。那个沉默寡言的人,那些孤独、寂静的时光,像肌肤碰触布料,相互温暖。

一日,L对我说,真佩服你这么多年坚持写作。我只是微笑。多年写作,大部分时都有音乐陪伴,《一人静》是其中一首。文章写到最后,想到了它。早期听过的,今天再听,往事历历。只是光阴斑驳,日月穿梭,岁月终究难以做到宽容,面孔也不知不觉已经被风霜改变。唯一不变的是,我依旧还在写字。

浮生你我因缘一场,最终却要以字为纽带。从此,天地始终有情,我还在被厚待。这人生,远远超出我的意料。

虽然命运很冷酷，但天意很温暖呀

"虽然命运很冷酷，但天意很温暖呀。"

这是日本作家渡边和子在患抑郁症期间，她的天主教医生给予她的一句安慰。她因此明白了命运与天意的区别。有些事情的发生，是人无能为力的，不妨将它作为命运来接受，当作天意的安排来顺从。

这句话也让我想到了日常生活。当你想做一件事情的时候，可能有的人全程十分顺利，有的人则非常不顺。这时恰恰是考验你的心态和毅力的时候，看你能否坚持。

当痛苦出现时，只要你摆正心态，持续、用心、积极地推进事情的发展，就会有人来帮你。

我曾有过这样的时期。有一件事我觉得进展有困难。当时，朋友刚好工作有档期，他主动愿意承担，帮助我推动进展。那一刻，我想有可能是上天在助我。除此之外，我也领悟到一个道理：当我在一件事情上尽心尽力之后，剩下的就是听天命。因为确实有太多的事情，不受自身所控制。

世事多变，我们唯一能掌控的是自己的心态。当你渴望做成一件事情的时候，总会出现诸多的磨难与不顺。这时，你是马上妥协、放弃，还是持续往前推动、精进，只在一念之间。

中国有句古话："自助者天助之，自弃者天弃之。"很多时候，命运给予你无常、不顺的时候，只要你不放弃自己，老天也会格外眷顾你。好像时时刻刻都有上天在看顾你，观察你对事情的态度和反应。

当你遭遇逆境，内心坚定时，上天会温暖你；反之，当你软弱退步时，上天也会漠视你。

想想自己这么多年所经历的一些人、事，包括我的写作之路，也是这样。总会在需要的时候，遇见愿意无私温暖你的人和读者。他们似乎就是上天派来激励、帮助你的人。在我看来，这就是逆境中的一种善缘。

所以，我的母亲经常告诉我："无娘人，天照顾。"

虽然我可能是很不幸的那个人，但同时也非常幸运，所以心里始终满载感恩。

多年过去，即便我在不同时期、阶段遇见诸多的困顿、艰难时，总会想到，经历是一种成长，它能磨砺你的意志，训练你的心性，使你成为更好的自己。

所以，不要抱怨生活和命运，也不要诉说诸多不顺遂。我对生活的感激，永远多过于眼泪与无力。即便在最难的时候，也是睡一觉醒来，第二天又是全新的一天，外面阳光明媚。心态是这样的，事情的转机也是这样的。

是的，你永远要相信，有时命运很冷酷，但天意很温暖。

多年前，我在一个慈善活动中遇到了A女士。她的儿子在6岁那年得了一种难治的病，需要大量的金钱。而当时家中唯一的收入来源是水果批发。更残酷的是，A女士的丈夫在逃避责任的同时，居然有了外遇。两个人只能以离婚收场。

以世俗的眼光来看，A女士所承受的打击，无疑是残酷的。但她当时一心只想给儿子看病，甚至流泪的时间都没有。以A女士当时的收入，她很难给孩子好的医疗条件。

后来，她将刺绣这项手工活捡了起来，一边陪孩子在医院治疗，一边专心做刺绣。她在儿子治疗期间，曾经持续20个小时扶着他的胳膊，以减轻输液的痛苦；也曾经为了给儿子赚取更多的医疗费，一天一夜没有合眼，只为尽早完成刺绣作品。

或许是她的行动感动了上天，又或者是给儿子治病的决定足够坚定，她在治病期间遇见了一位好心人，介绍她认识了一家慈善机构。后来，她的每一个刺绣图都能在慈善现场拍得不菲的价格，解决了儿子的医疗费用。

儿子重病，婚姻离散，巨大的金钱压力，这样的打击不可谓不大，但A女士最后完全凭借自己的毅力和精神，将整个事情往好的方面去推进，结果出乎意料的好。而这样的好，来自她在面对人生无常、生活逆境的时候，始终能保持积极正面、积极的心态。所以，虽然命运冷酷，但依旧有无数人愿意去温暖她。

其实，所有的不顺、无常和残酷，不过是为了更好地提醒我们，永远不要太得意，不要执着或者沉迷于眼前的美好，以为物欲满足、事事顺遂，就是最好的日子。毕竟，你永远不知道，明天醒来，生活是否还能依旧。

无常时常袭来，不顺随时都会产生。这才是生活的真相。

生活的真相，终究需要我们去认清、接受它，相信这一切都是天意的安排。它通过事情来磨炼你的心智，让你面对生活时更从容，内心更强大。

事实的确如此。生活不易，需要你具备卓越的毅力，忍受孤独，承受痛苦，一直走下去。

《传道书》里说："凡事都有定期，天下万物都有定时。……哭有时，笑有时。哀恸有时，跳舞有时……神造万物，各按其时成为美好。又将永生安置在世人心里。然而神从始至终的作为，人不能参透。"妙叶禅师也说过："处世不求无难，谋事不求易成。"

很多事情的发生不是我们所能左右的。万物生长，有它的规律。人的命运，有时也会如同自然一样，有它特殊的密码。

所以，生命从来都是庄严的。即便人生会经历各种困难、不顺，也要鼓励自己，不要一蹶不振。不要逆境来临，就抱怨上天不公，哀怜自己命苦。要知道，人生的不顺、无常，都是事上磨、心上练的最佳契机。

我们都不喜欢磨难、困顿，但是生活往往是这样的：一个人在年轻时，或者某一个阶段为人处事，顺风顺水，呼风唤雨，极其容易藐视、欺压他人，生起傲慢之心，变得狂妄自大。他会真的以为这一切是自己的能力带来的。

相反，困难、不顺能帮助我们认识自我，戒除一些不好的习性。这或许是上天在以一种伪装的形式，为你带来成长的契机。

此刻，你需要时刻怀有感恩、正念的心性，相信一些人、事、万物都会眷顾、帮助你。

我同样是在经历了不幸和挫折后，越发清晰地感知到，虽然命运有时很冷酷，但天意却足够温暖。

时过境迁，即便人世恍惚，我对命运始终充满敬畏，对天意满怀感恩。

前路漫长，时光不疾不徐

二〇一六年年末，我的内心发生了一些重要的变化，它们也是我人生的又一个分水岭。我决定记录下来，也写给你。

这一年，你已经长大，会说零散的句子，我们也能有简单的对话，但依旧无法说得太多、太深。当我们无法在语言上进行有效的对话时，我希望自己能以微小的行动，来影响你内心的纯真与柔软。这一点很重要。

当你长大成人以后，我宁愿你成为一个被敬重的人，也不希望你将快乐建立在他人的痛苦之上，获得所谓的成功。

作为你的母亲，我始终相信，一个人内心的纯真与慈悲，是人性中的美好品质，它不仅仅只是对待身边的人、事，包括每一个曾在你身边停留过的小动物。它们都是与你有缘的人，都是有情众生，需要以平等心去对待。

前些天，你说想买几条小金鱼。我开始是拒绝的，因为我越发无力承担起一个生命的离世。至少目前来说，我无法做到超脱生死，不想再度体验那种绝望和痛苦。

后来，你执意要买。我提醒你要有心理准备："如果不能很好地喂养，说不定小金鱼两天之后就会离开你。"

你说："离开，就是死吗？"

我说："是的。"

"死了就再也见不到了吗？"

"有些灵魂有可能再见，但以怎样的形式相见就不好说了。这要看个人的福德因缘。比如我和你，上一世、上上世或许是亲人，也可能完全是陌路人。也听人跟我说，凡人大部分的相遇都是冤冤相报，春蚕作茧自缠自缚。妈妈也说不清楚，日后你应该会理解得比我深刻。"你站在金鱼缸边，好像很认真地听我说话，又好像什么都没听进去。

你想了想，说："要不我们还是买几条吧。我每天给它们喂食，它们不会离开我们的。"看你那么坚决，我买了三条金鱼，带它们回家。很遗憾，它们仅仅存活了一周就往生了。

那个傍晚，我们把金鱼装进了一个盒子，带好铲子，在楼下的一块空地上将它们埋葬，在上面插上了几朵路边的野花。我为它们读了经。你又问："妈妈，现在冬天了，金鱼在泥土里会不会冷？"那一刻，我被你的善良、怜悯之心所触动。

我不知道如何回答你："我们可以为它们祈祷，在另一个世界不再有寒冷，能转世为人。"

事后，我牵着你的小手一起回家，心想：这是几条和我们生命中有缘的小动物，它们被我们带回家，然后又离开，我们安葬了它们。缘分至此，生死隔离，各自归宿，也不是坏事。

人与小动物如此，人与人同样如此。但这些看似心灰意冷的事，也是我们获得心灵成长的最好养分。

还有一次。一只流浪猫每天在楼下，见到你就叫几声，你总是会热情地和它打招呼，说几句话再离开。其实，你生性胆小，你在和猫说话的时候，不停往我身边靠。我让你不要害怕，它也可以是你的朋友，不会伤害到你。

末了，你总不忘跟猫说一句："不好意思，我们回家了。"声音柔细、稚嫩，充满温暖。你还习惯一步三回头，有些不舍。

你也曾跟我提起，要养一只猫，被我拒绝，因为我们尚且无法对一个新的生命负起责任。

你是个男孩子，按照中国世俗的观点来说，长大成人后，你需要承担起家庭的重担，对你身边所爱的人负有责任。这些不仅仅需要具备坚毅的品质，还需要丰沛的情谊和柔软的内心。这些，终究需要你不断地从身边的人、事上去磨炼自己。

我能说的，终究只是内心的活动——通过不断的实践，得出来的一些想法。它折射出我的思考方式、为人处事的态度，留下只言片语，日后你能吸收多少，全凭悟性与自我觉察的本事。

你的母亲依旧固执地相信，人活在世间，内心的丰富与清醒，远比物质的满足要有意义得多。俗世里的物质，带给你的只是短暂的欢喜。它们更像是满足欲望，如同喝盐水，越喝越渴。越年长，我也越发深刻体会到，一个人若长久被世间欲望所牵绊着行走，该是多么的疲惫。

一个人在心灵得到快乐后，才算是一个幸福的人。所谓的物质、名利，你要做到有所为有所不为。这才是人生的意义所在。

当然，我这样说，并不是要你完全不去追求、满足世俗意义里的物欲，只是希望你能做到"君子爱财、取之有道"。

我还相信，一个人的心灵得到满足后，物欲的释然就会随之而来，甚至都不需要你去刻意追求。重要的是，你在这个追求的过程中，要做到取舍得当。

人生从来都是由一连串的正、反两面构成，它可能给予你圆满、丰沛，也有可能赠送你遗憾、错过，这些终究都需要你接纳和承担。这就是生活，充满了无常和变迁，我们能做的只是适应和处理它，最终放下它。

它们如同自然规律般，不容违背与抗拒。所有的因缘与使命，或许是恩遇，或许是天意，都需要我们去领悟与实践。这些是我们都需要面对的功课。谁能将这样的功课做好，谁就能获得内心的成长。

这个世界有着太多的残缺。我们只能祈求天意宽恕，给予你智慧，战胜那些因残缺带给心灵的残酷；要求自己在未知的人生道路上，有清除罪障的觉醒，改过迁善，慈悲心得到增长。

在你没出世前，一位比你年长的叔叔，跟我说过一句话："这世上有些人付出了常人难以承受的一切，获得世俗的福报，值得随喜；还有诸多的人，也曾不断努力拼搏，最终都会如同野草，蓬勃生长，独自生死，甚至也没有人知道他们的姓名，但你不能说他们不值得你尊重和善待。"

这个世间，但凡真诚、用心生活的人，都值得我们敬重。所以，我希望在日后的道路上，你能以匠人般的心态对待工作；以博爱之心，善待你身边的人；认真地活好每一个当下，而不是朝三暮四，最终年岁在虚妄与无明中消耗，人云亦云地过活。

活好每一个当下，意味着要惜物惜福，无私行善，对世界和生命保持敬畏，做到这些，也是对自己最大的善待与福祉。

你从母体脱落、来到人世的那一天起，我们几乎大部分的时间都一起度过，我看到你灵性上的聪慧，也感受到了你性格里的缺失。日后，我们相互扶持、纠正与成长，一切都来得及。

这一年，我已人到中年，但好像自己的人生才刚刚开始一样。所以，任何时候，我都希望你不要着急，一个人在获得了内心的笃定与坚忍后，才能获得更为全面、深刻的人生观，也能从一切世俗的观念中解脱出来，找到属于自己的路。

未来，你毫无疑问成为了我生命中的主角。我只想做一名好的观众和欣赏者。

愿你拥有智慧与纯良之心，并活成自己想要的样子；愿你有好运气，如果没有，愿你在不幸中学会慈悲；愿你被很多人所爱，如果没有，愿你在寂寞中学会宽容；愿你的人生即便富有，也要懂得分享、谦卑的重要；愿你即便困顿，也要学会不卑不亢，有勇气托举一切；愿你能在茫茫人世中，修炼好生命的品格，自觉觉他，自利利他。

最后，我想对你说，前路漫长，时光不疾不徐。感恩你现在所有的一切。

[全书结束]

图书在版编目（ＣＩＰ）数据

　　若无好天气，就自己成为风景 / 蒋婵琴著 . -- 北京：
北京联合出版公司，2017.9
　　ISBN 978-7-5596-0905-2

　　Ⅰ . ①若… Ⅱ . ①蒋… Ⅲ . ①散文集 – 中国 – 当代
Ⅳ . ① I267

　　中国版本图书馆 CIP 数据核字 (2017) 第 205194 号

若无好天气，就自己成为风景

选题策划：索析文化
特约编辑：李珊珊
出版统筹：高继书
责任编辑：李　红　　徐秀琴
装帧设计：格·创研社

北京联合出版公司出版
（北京市西城区德外大街83号楼9层　100088）
北京联合天畅发行公司发行
北京新华印刷有限公司印刷　新华书店经销
字数182千字　700mm×1000mm　1/32　9印张
2017年9月第1版　2017年9月第1次印刷
ISBN 978-7-5596-0905-2
定价：38.00元